LA MORT D'UN APICULTEUR

COLLECTION « LES ROMANS ÉTRANGERS »

dirigée par Tony Cartano

A paraître :

Une mère et ses deux filles, par Gail Godwin.

LARS GUSTAFSSON

LA MORT D'UN APICULTEUR

Roman

Préface de Carl-Gustaf Bjurström

Traduit du suédois
par
Carl-Gustaf BJURSTRÖM
et Lucie ALBERTINI

Presses de la Renaissance
198, boulevard Saint-Germain
75007 Paris

Si vous souhaitez recevoir notre catalogue et être tenu régulièrement au courant de nos publications, envoyez vos nom et adresse en citant ce livre aux

Presses de la Renaissance
198, boulevard Saint-Germain, 75007 Paris

Edition originale publiée par Nordstedt, Stockholm, sous le titre *En biodlares död*.

La présente édition est publiée en accord avec Carl Hanser Verlag, Munich.

ISBN 2-85616-255-X 60-3294-0

Préface

Ce que, avec ce mélange d'émerveillement et d'ironie qui caractérise notre auteur, on pourrait appeler « la surprenante carrière littéraire de Monsieur Gustafsson », commença en 1957, lorsqu'il avait vingt et un ans, tout banalement par la publication d'un roman. Deux ans plus tard — délai normal pour un jeune auteur — vint un deuxième roman, Les derniers jours et la mort du poète Brumberg, *et depuis, les ouvrages se sont succédé à un rythme accéléré, à raison d'un ou deux ou même trois volumes par an. Romans, essais, recueils de poésie, récits de voyage et, en plus, une activité de critique littéraire dans le quotidien* Expressen *et dans la revue* Bonniers Litterära Magasin (BLM). *Dès 1962, il devient un des deux corédacteurs de cette revue, et de 1966 à 1972, il en est le rédacteur principal. Dirigeant ainsi la première revue littéraire suédoise, participant activement à toutes les discussions philosophiques, esthétiques, littéraires ou sociales, il occupe une position centrale dans la vie intellectuelle suédoise et cela, peut-on dire, dès l'âge de vingt-cinq ans.*

Mais c'est qu'il sait tout, ce jeune écrivain, qu'il connaît tout, depuis la philosophie de Wittgenstein jusqu'à l'aérostation, depuis la mécanique jusqu'à la sémantique, depuis la musique jusqu'à l'astronomie. Il a tout lu, les philosophes les plus ardus et les mémoires de Richthofen, l'as de l'aviation allemande en 1914-1918, Noam

Chomsky et Jules Verne, Platon et Galbraigth, pour ne pas parler de Kafka, Marguerite Yourcenar, Gombrowicz, Claude Simon, Dante, Roger Caillois et autres confrères en littérature. Avant tout, cependant, il se veut philosophe, mais ses activités multiples retardent jusqu'en 1978 sa thèse de doctorat sur Langage et mensonge. Essai sur les théories extrêmes dans la philosophie du langage au XIXe siècle. *Il est alors depuis longtemps membre de l'*Akademie der Wissenschaften und der Literatur *de Mayence et de l'*Akademie der Künste *de Berlin. Il a enseigné dans les universités américaines et allemandes.*

Le jeune Gustafsson fait un peu figure de romantique, bien qu'avec humour il prenne ses distances en pastichant le Bildungsroman *allemand ; il en imite l'écriture, les têtes de chapitre circonstanciées et jongle avec l'intrigue picaresque. Il lui emprunte le thème du double et celui de Faust et de Méphistophélès. Mais il n'est pas moins attiré par les mirages d'une pensée « idéaliste » pressentant qu'il existe quelque part une « vraie vie », qui semble à portée de la main comme ce cours d'eau souterrain qu'entendent les explorateurs de* Voyage au centre de la terre *de Jules Verne et qui les accompagne derrière la paroi rocheuse sans que jamais ils puissent le découvrir, comme nous le rappelle Gustafsson dans son roman* La véritable histoire de monsieur Arenander *de 1966, sans doute son meilleur roman dans cette première manière. Dans un style limpide, parfois irisé comme une bulle de savon, il y joue avec les pastiches et les explications savantes, les questions faussement naïves et les problèmes métaphysiques ; nostalgique, il caresse les beaux instruments d'une technique dépassée, celle du XIXe siècle, avec leurs cuivres et leur acajou ; passant des digressions apparemment saugrenues aux anecdotes burlesques, il trace une série de révolutions égocentriques, destinées à masquer et à révéler à la fois que ce centre est vide et désespoir.*

L'air est son élément. Ses recueils de poésie portent des titres comme Les voyageurs en ballon *(1962) ou* Les frères Wright se rendent à Kitty Hawk *(1968), il réunit des textes en prose sous le titre* L'art de naviguer avec des cerfs-volants *(1969) et partout dans ses poèmes, dans ses romans, passe le vent.*

La nostalgie aussi est son élément. Rarement un écrivain aussi jeune aura tant exalté l'enfance ou se sera penché avec autant d'attendrissement sur les étapes successives de son évolution, sur l'idylle de naguère et les enthousiasmes passés. Un de ses premiers recueils de poésie s'intitule tout ingénument Une matinée en Suède *(1963). Il n'arrive pas à détacher son regard du siècle passé, où tout était certitude, science exacte, préparation assurée d'un avenir meilleur, progrès ou révolution sincère — et possible.*

Mais Gustafsson n'est pas un ingénu, il connaît les problèmes qui se posent derrière la transparence, il sait que cette science, cette ingéniosité, ces inventions merveilleuses et cette générosité débouchent sur la mort. La « nature tangible » des frères Wright, « le gouvernail et l'hélice » de son poème aboutissent à Dresde et à Hanoi. A ces deux noms de villes écrasées sous les bombes viennent se joindre, entre des guillemets peut-être ironiques, « les ténèbres gnostiques » — serait-ce que l'auteur refuse de s'y adonner ?

Il y a sans cesse dans son œuvre de ces brusques ouvertures. Est-ce pour nous y engager ou ne faut-il y voir que des trompe-l'œil ?

Car le trompe-l'œil, le faux document, l'invention technique aberrante, la date trop précise pour ne pas être inventée, le fantastique, ses malaises et ses menaces, tout cela fait aussi partie de l'arsenal de Lars Gustafsson, comme on peut s'en assurer en lisant le merveilleux recueil de contes Préparatifs de fuite, *de 1967. Titre éloquent s'il en fut, car l'air, le passé, le fantastique, la diversion, l'anecdote ne sont-ils pas aussi des espoirs d'évasion ? Gustafsson adore raconter des histoires et il n'est pas mécontent de nous rappeler de temps en temps son érudition, son habileté à manier un raisonnement logique ou la familiarité avec laquelle il fréquente les grands penseurs ou les grands savants de notre temps. Il ne déteste pas non plus nous faire un peu peur ou nous communiquer sous forme d'apologues parfois burlesques quelques leçons de morale, voire de sagesse.*

Car, après les jeux avec le savoir, se présente le problème du faire. Mais quelles règles ? « Quelle pensée absurde, dit monsieur Arenander, que dans *l'homme il existerait une morale. » Oui, n'est-ce pas, si le centre de l'homme est le vide ?*

Il arrive alors qu'une morale ou un engagement soient apportés de l'extérieur. C'est peut-être ce qui s'est passé pour Lars Gustafsson au moment de la guerre du Vietnam et des protestations de plus en plus vives qu'elle provoquait, de Mai 68 et du « gauchisme » qui brusquement s'abattit sur la Suède et qui sembla emporter la revue BLM *bien loin des eaux tranquilles de la littérature pure.*

Crise de conscience, résurgence d'une morale en lieu et place d'une sagesse sans cesse fuyante, désir sincère d'être de son temps, ce temps qui sans cesse le hante ? En tout cas, un virage se produit et, fidèle à lui-même, Lars Gustafsson l'entame par un autoportrait romancé, Monsieur Gustafsson lui-même *(1971). Est-ce, comme on l'a dit, une façon de présenter et d'affiner l'instrument qui lui servira à affronter la réalité ? Les rapports que Gustafsson entretient avec lui-même — et qu'il nous invite à entretenir avec lui — ne sont pas faciles, bien* que d'apparence aisée et souriante. Ironie, fausse candeur et vraie sincérité, profondeur et complaisance, angoisse et humour sans cesse s'y entremêlent. Il aime se peindre sous les traits d'un gnome ou à s'imaginer sous la forme d'un homuncule, mais il ne renie ni son savoir ni ses capacités intellectuelles, et s'il lui arrive de prendre un air ingénu, il ne sait pas faire la bête. Qu'elle soit courage ou coquetterie, cette façon de s'exposer, accompagnée d'une politisation grandissante de ses propos, n'est pas, au début des années 1970, trop bien accueillie. Réticences, mauvaises humeurs et railleries : l'enfant prodige est devenu un fils prodigue, qui n'est pas près de rentrer au bercail.

Et de nouveau nous descendons, mais ce n'est plus vers le centre de la terre, c'est une descente aux Enfers. Monsieur Gustafsson lui-même est le premier d'un cycle ou plutôt, comme le dit l'auteur, d'un système comprenant cinq romans et intitulé « Les fissures dans le mur » — car de nouveau voici ce mur qui nous sépare de la « vraie vie », mais cette fois-ci le mur est fissuré et par les fentes on entrevoit une autre existence qui ne demande qu'à faire éclater les contraintes. Un espoir subsiste et une résolution. Tout au long de ces cinq romans retentit comme une incantation : « On ne se rend pas. On recommence. » Elle n'est pas sans rappeler le slogan de Mai 68 : « Continuons le combat », et il est vrai que Lars Gustafsson revient volontiers à cet instant d'espoir et d'ouverture, qui se referma aussitôt.

Dans ce premier roman, Virgile apparaît sous les traits d'une femme mûre, professeur de philosophie, rousse, maternelle et marxiste. Un nouvel Adam, à la recherche d'un Eden philosophique, pouvait-il rencontrer Eve plus séduisante ? Cela ne veut pas dire que Lars Gustafsson embrassera désormais une idéologie marxiste. L'Utopie marxiste, pas plus que l'Eden philosophique, n'est de ce *monde. Il faut passer, aller plus loin et, rappelons-nous, si Virgile a su dévoiler à Dante les souffrances de l'Enfer, il ne l'a pas guidé jusqu'au Paradis.*

En attendant, dans La laine *(1973), c'est au Purgatoire que nous nous retrouvons, celui des colères vaines, des protestations inefficaces, où règne, épaisse et moite, l'odeur de la laine mouillée. Dans ce roman, plus « réaliste » qu'aucun de ceux qu'il a écrits auparavant, Lars Gustafsson s'attaque à ce qu'on pourrait appeler « le ventre mou » du système social suédois : l'école et son arbitraire, l'abandon des campagnes et la pollution, les dévastations autorisées, encouragées même par une société prédatrice bien qu'officiellement socialiste.*

Dans La fête de famille *(1975), il s'attaque au noyau « dur » de cette société : la bureaucratie, le pouvoir, les centres de décision où s'unissent brutalité et hypocrisie. Et dans cette excellente satire de la société suédoise, telle que l'a faite la social-démocratie et telle qu'elle reste, même quand le parti n'est plus officiellement au pouvoir, Gustafsson s'identifie sans peine à cet empêcheur de danser en rond qu'il met en scène, fonctionnaire soucieux de sa carrière sans doute, mais piégé par une mafia qui, pour rester au pouvoir, n'hésitera pas à le sacrifier. À se demander si le poste élevé qui lui a été confié n'était pas, justement, depuis le commencement, un appât qui permettrait ensuite de faire de lui le bouc émissaire.*

Avec Sigismond *(1976) le panorama s'élargit, devient mondial et se complique singulièrement, surtout que l'auteur y abandonne le style réaliste de ses deux romans précédents, pour se jeter à corps perdu dans une intrigue picaresque foisonnante, qui n'est pas sans rappeler certains romans allemands contemporains.*

Est-ce un roman philosophique traitant de divers problèmes eschatologiques, de la théorie des connaissances et de la communication, comme le veulent certains, ou est-ce plus modestement une confession dans laquelle l'auteur avoue « qu'il n'a pas été présent dans la vie qu'il a vécue », comme disent certains autres ? Capricieux, brillant et inégal, plein de bizarreries et d'éclairs, de graves sentences et d'anecdotes burlesques, ce roman d'apparence confuse sera peut-être un jour découvert dans sa complexité remuante.

Ce « système » de romans indépendants, qui s'éclairent sans s'enchaîner, se termine dans le calme angoissé et le silence grandissant, dans la simplicité enfin, avec La mort d'un apiculteur *(1978) — un titre qui rappelle curieusement celui du deuxième roman de Gustafsson,* Les derniers jours et la mort du poète Brumberg, *écrit vingt ans plus tôt.*

Dans ce roman, Lars Gustafsson utilise un procédé très simple et souvent exploité, celui des carnets retrouvés après la mort de l'intéressé et publiés dans un ordre approximatif. C'est une fiction qui permet à l'auteur de lancer dans le désordre des réflexions auxquelles il n'est pas obligé de donner suite, d'assener des vérités sans avoir à les prouver, de proposer des images pleines de sous-entendus, de s'attarder à des descriptions, des digressions et des anecdotes — en somme ce que Lars Gustafsson adore faire. Mais on s'aperçoit bien vite que ce livre apparemment décousu obéit à une volonté cohérente, plus grave et aussi plus modeste, contrastant vivement avec la complaisance d'une introduction « autobiographique » dont on retrouve l'équivalent dans plusieurs autres romans de Lars Gustafsson, — distanciation, simulacre, provocation ?

D'après ce que nous a dit Lars Gustafsson lui-même, ce roman est composé un peu à la manière de la Symphonie des adieux *de Haydn, où les divers instruments quittent un à un l'orchestre, jusqu'à ce qu'il ne reste plus personne. En effet, son « héros », l'instituteur Lars*

Lennart Westin (comme tous les héros des romans du « système », il porte le même prénom que son créateur), voit se rompre successivement tous les liens qui l'attachaient à la vie : une retraite anticipée lui a fait perdre non seulement un métier auquel il ne semble pas avoir accordé une très grande importance, mais aussi le contact avec la société, avec les autres ; le divorce l'a séparé de sa femme et, remontant en arrière, il voit même s'effilocher ses souvenirs d'enfance. Le cancer le ronge, mais il tâche de vivre une vie « normale » dans sa solitude, à peine éclairée par la visite de deux garçons, à l'intention desquels il essaie de composer un roman de science-fiction tel qu'ils les aiment. S'ils ne l'apprécient pas autant qu'il l'avait espéré, c'est peut-être parce que, sous sa forme imagée et conventionnelle, il tentait de raconter une chose qui ne les concerne pas encore, à savoir une victoire possible sur la souffrance. Car les douleurs qu'éprouve Lars Westin se font de plus en plus vives. C'est au cours d'un bref moment de répit qu'il découvre le Paradis. En effet, qu'est-ce que le Paradis ? C'est la fin des souffrances. Cela veut dire que tant que nous ne souffrons pas, nous sommes au Paradis et nous ne le savons même pas ! Y sommes-nous réellement ? On pourrait bien le croire par instants, à lire les merveilleuses descriptions du paysage du centre de la Suède qui reviennent ici avec autant d'émotion, de délicatesse et de précision que dans les autres romans de Lars Gustafsson, en particulier dans La véritable histoire de monsieur Arenander. *Il ferait bon y vivre, se dit-on, enveloppé de cette atmosphère nostalgique inséparable des montagnes qui bleuissent à l'horizon. Est-ce bien le Paradis ? N'est-il pas ailleurs, au-delà des montagnes justement ? Est-il absence de souffrance ou est-il simplement absence ? De même que Dieu, qu'il est de notre devoir de nier, s'il existe ? De même que ce moi que nous ne parviendrons jamais à distinguer dans le vide de notre pupille où règnent des ténèbres « identiques aux ténèbres entre les galaxies », ce moi, dit l'alter ego de Lars Gustafsson, pourtant friand de ce mot, qui est « le mot le plus absurde du langage. Le point vide du langage. (Comme tout centre ne peut être que vide) ».*

Et de nouveau confronté à ce vide, Lars Gustafsson martèle encore son « absurde » credo : « On ne se rend pas. On recommence. »

Carl-Gustaf BJURSTRÖM.

« Salauds ! Bourreaux
Maîtres princiers de la torture
N'avez-vous pas compris ?
Vous qui chauffez vos pinces
Sur des charbons ardents
En fait, je suis un âne !
Avec le cœur et le cri d'un âne !
Je ne me rendrai jamais ! »

Chambres chaudes
et chambres froides, 1972.

La lumière du soleil n'avait pas encore atteint le fond du cañon. Le chant clair et strident d'un troglodyte des cactées me réveilla. Il faisait atrocement froid. Emergeant de mon sac de couchage, je retrouvai mes chaussures et me dégageai de la moustiquaire.

Au moment où je sortis, les premiers rais effilés du soleil apparurent à l'est. En clignant les yeux, je levai le regard vers l'imposant massif de la Casa Grande.

La fantastique lumière, qui avançait en tâtonnant sur les cimes, transformait la gigantesque paroi rocheuse en une sombre forteresse autrement immense que celle construite par les hommes, une enceinte édifiée pour des anges ou des démons et déjà abandonnée par ses défenseurs.

Le soleil s'étant encore un peu levé, ses rayons pouvaient librement jouer sur la muraille opposée, à l'ouest du plateau, et les colonnes de grès qui se détachaient là devinrent alors un orgue baroque, un orgue de lumière où vibraient tous les tons rouges de la pierre.

A cet instant, un étrange chœur d'oiseaux se joignit au chant du troglodyte, trilles du grimpereau, roucoulements de la colombe inca, ricanements de grandes corneilles noires et menaçantes, tandis qu'au-dessus du ravin, à deux cents mètres de nos têtes, deux énormes vautours planaient sans bruit, immobiles dans la brise du matin.

John Weinstock, professeur de vieux norrois à l'université d'Austin et également coureur passionné de marathon, était assis dans un vieux short usé et en tricot de corps devant un réchaud à alcool.

Le vrai matin était déjà passé. Dans quelques heures à peine, ici même dans ce cañon, nous allions avoir trente ou peut-être trente-cinq degrés. Lentement, à travers « la fenêtre » — seule trouée dans cette chaîne montagneuse qui nous permît de le voir —, le haut plateau mexicain se détachait de la brume de soleil.

En bas, côté mexicain, il devait faire déjà très chaud. La plaine s'étendait à quelques milliers de mètres au-dessous de nous. C'était un matin d'octobre, en 1974. J'avalai une gorgée de café brûlant et amer. A travers la brume de chaleur, le Rio Grande apparaissait, au loin, comme un mince fil d'argent.

Je pensai :

C'est étonnant. En moi, tout est clair, calme et vide. Il y a le chant de ces oiseaux, la lumière rouge qui joue sur cet orgue de pierre et ce goût amer de café sans sucre dans ma bouche. Mais plus de reproches, plus de souvenirs, plus d'angoisse. Suspendu dans un gyroscope. L'esprit clair, je suis vide, je suis pur. Je n'ai presque plus le sentiment d'avoir *une âme*.

Peut-être que j'y suis finalement arrivé. Peut-être qu'à force *d'en parler*, je l'ai dissipée.

— *Would you like some more coffee ?*

La tempête s'est calmée. Le vent ne souffle plus. A

moins que désormais je sache me déplacer avec la rapidité du vent et qu'ainsi je ne le sente plus ?

Aimables lecteurs, étonnants lecteurs. On recommence. On ne se rend pas. Pour la cinquième* et dernière fois, on recommence. Comme en Västmanland, ma province natale, les vieux limiers à la chasse aux élans. D'ailleurs, la chasse à l'élan est ouverte en ce moment. Et comme de vieux limiers, nous reprenons la trace là où nous l'avions laissée et nous la poursuivrons jusqu'à ce qu'elle aboutisse à la proie saignante.

On recommence. Nous sommes au début du printemps, en 1975, notre récit débute exactement au moment de la fonte des neiges. L'action se déroule dans le nord du Västmanland.

Quand on a fermé l'école d'Ennora, sur la rive nord du lac, l'instituteur de Väster Våla, Lars Lennart Westin, a pris sa retraite anticipée. Il vit d'un peu de tout et de rien et principalement du miel qu'il récolte dans ses ruches. Il fut un temps où elles étaient assez nombreuses. Depuis son divorce, il habite une petite ferme à Näset, à la hauteur des villages de Vretarna et de Bodarna, mais sur la rive orientale du lac, bien sûr. Il a un petit jardin potager, un champ de pommes de terre et un chien. Il reçoit parfois la visite de parents. Il a le téléphone et la télévision, il est abonné au *Journal du Västmanland.* Depuis son divorce, il n'a pas eu de relations féminines valant la peine d'être mentionnées.

L.L.W. n'est pas très vieux. Il est né le 17 mai 1936. Il

---

* Allusion aux livres précédents *(NdE).*

paraît avoir beaucoup plus de quarante ans, il est usé, mince, il a le cheveu rare. Il porte des lunettes cerclées d'acier qui accentuent encore cette impression de maigreur. Ses moyens sont extrêmement modestes, mais il ne s'en soucie guère.

Les pages qui suivent se composent des notes qu'il a laissées. En effet, au printemps 1975, au moment précis de la fonte des neiges, il comprend qu'avant l'automne il aura disparu. Il a un cancer de la rate, un cancer mortel localisé beaucoup trop tard, il a de fortes métastases dans tous les tissus autour.

La voix que vous allez entendre, à partir de maintenant c'est sa voix, ce n'est pas la mienne. Voilà pourquoi je vous fais ici mes adieux.

LES SOURCES

1. Le carnet jaune

Trouvé sur l'étagère au-dessus de l'évier, papier uni, format 16 × 6 cm. 80 pages dont 76 entièrement écrites. Couverture jaune portant l'inscription : UNION NATIONALE DES APICULTEURS SUÉDOIS.
Contient les notes à la fois les plus intimes et les moins. Parmi ces dernières, une série de récapitulations des dépenses pour le ménage, mois par mois, des observations et des notations diverses concernant le travail des ruches. On n'a pu retenir que quelques échantillons de tout ça dans la présente rédaction.
Commencé en février 1970.

2. Le carnet bleu

Trouvé à plat sur les livres du rayon supérieur de la bibliothèque. Format 21 × 29, couverture bleue portant l'inscription *Sjöberg, Libraire, Västerås.* 112 pages dont 97 entièrement utilisées, recto verso.

Contient diverses coupures de presse, des extraits de livres lus par Westin ainsi que ses propres récits.
Pas commencé avant 1969.

3. Le carnet déchiré

Un bloc-notes dont le carton inférieur a été arraché. Inscription : QUI A (TÉLÉPHONÉ ?). Trouvé près du téléphone sur la tablette en face de l'évier dans la cuisine. Contient des numéros de téléphone locaux, quelques rares numéros d'autres régions et quelques rares notes sur l'évolution de la maladie.
Pas commencé avant 1970.

1

LA LETTRE

... le vent s'était levé, oui, un vent tiède soufflait. C'était à la fin du mois d'août, l'année dernière ; le chien avait disparu. C'est justement vers cette époque qu'il a commencé à se sauver et j'étais parti à sa recherche aux environs de onze heures du soir. Le ciel était couvert, il faisait si noir qu'on ne distinguait plus les cimes des arbres, mais on entendait sans cesse passer le vent dans les branches. Toujours le même vent, égal et fort, étrangement tiède. Je me souviens d'avoir déjà vécu quelque chose d'identique, mais je ne me rappelle pas quand, exactement.

Lorsque je suis arrivé au sentier qui conduit chez les Sundblad et longe le lac, j'ai senti l'odeur de l'eau, j'ai entendu le clapotis des vagues, mais je n'ai pas pu les distinguer dans l'obscurité. Là, j'ai nettement perçu une petite grenouille qui sautait par-dessus un de mes souliers.

J'ai alors fait une chose oubliée depuis les années cinquante. Je me suis prestement penché en avant et j'ai passé mes mains jointes dans l'herbe humide un peu plus haut que l'endroit où devait se trouver la grenouille.

Ce vieux truc marche toujours. Elle a sauté directement dans mes mains et j'ai pu la garder prisonnière dans le creux de ma main droite. C'était, en effet, une toute petite grenouille.

Elle est d'abord restée un instant complètement paralysée, puis j'ai formé avec mes deux mains une cage plus grande.

Je suis resté ensuite sans bouger, à écouter le vent, avec entre mes paumes une grenouille prisonnière comme en cage et le même vent tiède et entêté qui passait toujours dans les arbres, accompagné d'une odeur acidulée venant des marais au-delà des bosquets qui longent le lac. Une grenouille que je sentais nettement trembler dans le creux de ma main.

Et tout à coup, elle a pissé droit dans ma main.

Je crois que c'est finalement une expérience que peu de gens ont faite.

Le pipi de la grenouille est glacé. J'ai éprouvé une telle surprise que j'ai ouvert la main et l'ai laissée s'échapper. Après, je suis resté sans bouger, assez ému, le vent passant dans la cime des arbres et moi et ma main froide à cause de l'urine d'une grenouille.

On recommence. On ne se rend pas.

(Carnet jaune I : 1)

J'ai retrouvé le chien chez les Sundblad. Il y avait passé tout l'après-midi, on lui avait donné des crêpes et de l'eau. Seulement, quand j'ai voulu l'emmener avec moi, il s'est cabré et c'est devenu vraiment très gênant. Il se cramponnait de ses quatre pattes au tapis de la cuisine et refusait de me suivre.

Vraiment très gênant. Il montrait une telle peur de revenir avec moi à la maison que les Sundblad ont pu croire que je le maltraitais, ce qui n'est absolument pas le cas.

Mais il y avait autre chose et je comprends mal ce que ça pouvait être. Comme si ce chien avait peur, dieu sait pourquoi, et c'est la troisième fois que cela arrive en l'espace de quinze jours. Je me comporte avec lui exactement comme je me suis toujours comporté pendant onze ans. Possible que de temps en temps je lui parle sur un ton un peu plus ferme, mais que je lui fasse peur, non. Ce chien me connaît parfaitement, il m'a connu quand il était tout petit.

Une explication plausible : il commence à se faire si vieux qu'une sorte de transformation subtile se produit dans ses souvenirs olfactifs. Et il ne me reconnaît tout bonnement plus.

Je crois aussi qu'il y voit incroyablement mal, mais la vue n'a pour lui aucune importance.

Un jour d'hiver, vers le milieu des années soixante, je suivais à skis une piste sur les hauteurs de Märrsjön. A cette époque, j'étais encore instituteur à l'ancienne école d'Ennora, cela se passait avant le transfert à Fagersta et je ne pouvais skier que le samedi et le dimanche. C'était donc un beau dimanche de février, il y avait pas mal de monde sur la piste et quand je suis arrivé au sommet d'une côte, j'ai aperçu un type en anorak bleu à trente mètres devant moi.

Le chien avait tout le temps couru en me précédant de quelques mètres, il savait très bien que l'homme était là, c'était parfaitement évident, ce type était enregistré dans le cerveau olfactif du chien depuis quelques kilomètres déjà comme une silhouette d'odeurs ou comme un fumet.

L'homme, qui est un peu plus âgé que moi, s'écarte légèrement pour arranger quelque chose ou tout simplement pour me laisser passer puisque je le talonne.

Et voilà que mon chien fonce droit sur lui et le fait presque tomber à la renverse sur la piste.

Pour le chien, ce type habillé en bleu n'existe pas, seul existe un fumet intéressant qu'il suit à la trace et qui devient de plus en plus perceptible, il se fie tellement à ce fumet qu'il ne lève même pas la tête quand il est sur le point de renverser l'homme.

Cela doit avoir un rapport avec l'odorat. On n'y peut rien. J'ai beaucoup aimé ce chien. Je souhaite qu'il s'en tire et qu'il vive encore de nombreuses années.

Je ne comprends pas ce qui lui a pris. On dirait vraiment qu'il ne me reconnaît plus. Ou plus exactement, il me reconnaît, mais uniquement de très, très près, quand je l'oblige à *me regarder* et à *m'écouter* au lieu de le laisser suivre ma seule odeur.

Une autre explication existe, bien sûr, mais elle est si absurde que je ne peux pas y croire.

Ce serait que tout à coup mon odeur à moi ait changé de façon si subtile que seul le chien soit capable de s'en rendre compte.

(Carnet jaune I : 2)

Il aurait fallu faire tant de choses aux ruches cet automne : nouvelle doublure de bois, nouvelles entrées, pour certaines cadres à réparer, isolants à installer, seulement je n'ai jamais eu le courage de m'y mettre. Je n'arrive pas à m'expliquer pourquoi. Pour je ne sais quelle obscure raison, j'ai dû être incroyablement engourdi et passif. Dieu merci, en cette fin janvier on dirait qu'on va avoir un hiver très chaud. Il pleut chaque jour et dans la nuit d'hiver je reste un peu plus longtemps au lit que d'ordinaire, rien que pour le plaisir d'écouter le bruit de la pluie sur un toit.

Mais supposons que tout à coup il fasse froid, en février ? Comment diable est-ce que je vais faire ? Le bois des ruches est trempé, le papier goudronné du toit est déchiré en plusieurs endroits. Les ruches vont tout bonnement se retrouver disloquées par le gel. Ainsi, pour me punir de ma paresse de cet automne, je perdrai trois ou quatre essaims.

Cela n'aura financièrement pas d'importance puisque la commune a enfin augmenté mon allocation logement, mais des êtres vivants vont mourir et d'une certaine façon, cela me fait mal.

C'est amusant, j'en ai parlé l'autre semaine au téléphone avec Isacsson de Ramnås : quand un essaim meurt, il se passe à peu près la même chose que lorsque meurt un animal. C'est tout un être qui vous manque, un peu comme un chien ou tout au moins comme un chat.

Par contre, on reste totalement indifférent devant une seule abeille morte : on la balaie, un point c'est tout.

Chose bizarre, les abeilles ont exactement la même attitude. Il n'existe guère d'espèce où l'on trouve un tel désintérêt devant la mort des autres. Si en remettant un cadre en place j'en écrase deux ou trois parce que je ne fais pas très attention, les autres les enlèvent à peu près comme s'il s'agissait de pièces mécaniques cassées. S'il y a du miel, elles commencent par le prendre.

Et si elles éprouvaient elles aussi cette sensation : à savoir que l'individualité, l'intelligence sont le fait de l'essaim ?

Certains essaims ont une personnalité très marquée, il y en a des paresseux, il y en a des travailleurs, des agressifs et des doux. Des frivoles qui mènent une vie de bohème et dieu sait s'il n'existe pas des essaims qui ont le sens de l'humour et d'autres qui ne l'ont pas !

Regardez leur fièvre au moment d'essaimer ! Exactement comme un homme pressé, nerveux, capricieux. Un mauvais amant, pas patient pour deux sous.

En tant qu'individu, une abeille a aussi peu de personnalité qu'un boulon ou une vis dans un mouvement d'horlogerie.

(Carnet jaune I : 3)

Quand les enfants étaient là, au mois d'août, ils ont voulu que l'on joue au badminton. Au moins me semble-t-il que, pour des enfants de divorcés, ils ont eu des étés particulièrement convenables. Ils sont venus ici plusieurs fois. En juin et en août.

Quoi qu'il en soit, c'est exactement cette même sensation que j'ai éprouvée lorsque nous avons joué au badminton.

Sur le moment, j'étais tellement convaincu qu'il s'agissait d'un lumbago que j'ai tout oublié. Naturellement, je croyais que je m'étais fait une élongation d'un muscle du dos. J'ai dû immédiatement arrêter de jouer.

Mais existe-t-il des lumbagos si douloureux qu'ils vous donnent un goût de sang dans la bouche ?

(Carnet jaune I : 4)

Le peuple suédois est-il plus patient que d'autres ? Je n'en sais ma foi rien. Au cours de ma vie, j'ai négligé de voyager. Deux excursions à bicyclette au Danemark, au début des années cinquante, un tournoi de tennis de table à Kiel, en Allemagne occidentale, et une foule de virées en Norvège en passant la frontière à Femundsänden par Orsa et Idre, tout ça ne vous apprend pas grand-chose. J'ai tendance à regarder le monde extérieur à la Suède comme quelque chose de littéraire, quelque chose à découvrir dans les livres et les revues.

Les très grandes distances me font peur. Paris, cela existe dans le *Journal* des frères Goncourt, et le plus moderne des Londres, c'est celui des premiers romans d'Aldous Huxley.

Si j'arrivais réellement dans ces lieux, il est probable que je ne m'y retrouverais pas. Ils ne me diraient rien. Je lis justement dans le journal qu'il y a maintenant des gratte-ciel à Paris.

Dans mon système, le temps se déroule différemment en chaque lieu. A Paris, par exemple, la poussière de la Commune a eu à peine le temps de se poser. En quel temps sommes-nous, ici ? Au présent.

Donc, savoir si le peuple suédois est plus patient que d'autres. La salle d'attente pour rayons X, à l'hôpital régional de Västerås, avant-hier. Une extraordinaire odeur de laine, de laine humide. Des gens partout, sur des chaises, sur des bancs. Un garçon avec un formidable bleu sur toute la moitié droite du visage. Il avait eu, la veille, un accident de Mobylette et il souffrait. Un vieux, arrivé de Kolbäck par le car du matin. Espérant beaucoup attraper le dernier car du soir pour rentrer. « Ça n'avance pas vite, ici. » Il était déjà venu une fois au cours de la même semaine. Tous, un numéro d'appel à la main. Les mystères « d'à qui le tour » ; l'infirmière fait parfois entrer deux ou trois malades d'un coup et d'autres fois, un seul. Et la façon dont ils *lèvent tous le regard* quand l'infirmière arrive.

Comme dans ces carillons où des personnages se mettent en branle une fois par heure. Une porte s'ouvre. Quelqu'un sort, quelqu'un entre. Un type horriblement soûl avec tout un tas de pansements sur le front, sous les yeux, sur le menton, est amené par deux agents. On le laisse passer en premier.

Sur les soixante ou soixante-dix personnes qui sont dans la pièce, il y en a qui doivent avoir des douleurs plus ou moins violentes. Chez quelques-uns, ça se voit à leur façon de rester assis ou de se lever et de marcher, inquiets, de long en large.

Mais à peine si quelqu'un en parle, ils ne disent même pas qu'ils ont mal (« avoir mal », ça peut vouloir dire n'importe quoi, entre une légère indisposition et des douleurs cuisantes). Non, ils parlent de leurs mauvais moyens de communications, par car, par autorail, ainsi que de leurs visites et revisites. On dirait qu'il y en a qui ne vivent que pour ces visites à l'hôpital. Ils ne s'y trouvent pas mal du tout. Leur maladie leur donne une identité. Cela est surtout vrai pour certains des plus vieux et des plus modestes.

Leur maladie provoque un intérêt autour de leur personne, un intérêt qu'on ne leur a jamais témoigné tant qu'ils étaient bien portants.

Quelque chose dans leur patience m'énerve prodigieusement. Je leur en veux. Ils ne devraient pas tolérer... Quoi ? Ils ne devraient pas tolérer qu'on les fasse attendre aussi longtemps avant de les laisser accéder à la salle de radiographie, qu'on les traite de cette façon étrangement impersonnelle, presque comme à la chaîne, que personne ne s'occupe de savoir s'ils passent là une journée entière, eux qui se sont levés à des heures impossibles, qui se sont gelés à l'arrêt du car et qui maintenant restent là sans rien manger, parce qu'ils redoutent de perdre leur place dans la queue.

Et pourtant il se crée toujours une sorte de complicité entre copains, il y a toujours quelqu'un qui promet de crier si l'infirmière vient appeler votre nom au moment précis où vous êtes parti aux toilettes pour fumer. Ou bien ne serait-ce pas la douleur elle-même qu'ils ne devraient pas tolérer, la douleur contre laquelle ils devraient protester ? Prolétaires de la douleur, unissez-vous !

(Carnet jaune I : 5)

WAS MICH NICHT UMBRINGT MACHT MICH STÄRKER* (Friedrich Nietzsche, philosophe allemand, 1844-1900).

(Carnet jaune I : 6)

* Ce qui ne me détruit pas me rend plus fort.

Février 1975

La boutique	—	375,40
Sucre	—	42,90
Tabac	—	32,50
Clous et appliques	—	16,00
Docteur	—	7,00
Essence et huile (env.)	—	75,00
Total des dépenses		548,80

Union nationale des apiculteurs, bonus	+	16,00
La boutique, miel	+	255,00
Caisse maladie	+	304,00
Réparation pompe de Sundblad	+	50,00
Revenu brut février	+	625,00
En caisse		76

(Carnet jaune I : 7)

Quand la lettre de l'hôpital régional de Västerås est enfin arrivée, je n'ai pas voulu l'ouvrir, je l'ai mise de côté et j'ai parcouru les journaux et les revues, j'ai regardé quelques factures et constaté que, de toute façon, je ne pourrai les payer que le mois prochain, et puis j'ai emmené mon chien faire une bonne promenade.

Un temps gris de février, assez froid pour ne pas être trop humide et tout le paysage comme dessiné à la mine de plomb. Au fond, je ne sais pas pourquoi je l'aime autant, ce paysage, car il est plutôt aride, mais je ne me lasse pas de le parcourir. Ce n'est pas une mince partie de ma vie que j'ai passée ici.

Tant que j'étais marié, j'habitais à Trummelsberg et j'allais à mes écoles en voiture, des écoles un peu différentes, au fil des ans. Comme j'ai à la fois un diplôme d'instituteur et un diplôme de professeur de travail manuel, j'ai pu, au cours de ces dernières années, faire assez librement mon choix quand on a commencé à regrouper les écoles — un regroupement suivant l'autre. Je suis alors devenu de plus en plus souvent professeur de travail manuel. A mon avis, les classes étaient un peu trop chargées dans le primaire, et l'enseignement du travail manuel me permettait de bénéficier de meilleurs horaires.

Plus tard, quand j'ai divorcé, je me suis installé ici, je

me suis installé, pourrait-on dire, plus profondément dans le paysage et j'ai en même temps quitté l'enseignement. D'ailleurs, une fois payées les pensions alimentaires, ça ne rapportait plus rien. J'ai tout bonnement arrêté de gagner de l'argent et à la place, je me suis procuré trente ruches.

A mon grand étonnement, il s'est avéré que cela marche tout aussi bien. Il n'y a crise que lorsque je suis obligé d'aller quelque part, comme à l'hôpital.

Quand la lettre de l'hôpital régional est arrivée, je l'ai simplement mise de côté et j'ai fait une promenade. Je me sentais parfaitement calme et je regardais très attentivement, tout au long de la route, les arbres qui n'avaient plus leurs feuilles. J'adore ces branches nues sur fond de ciel gris de plomb. Ce sont comme les caractères d'une langue inconnue qui essaient de dire quelque chose.

Cette région, avec ses maisons d'été fermées, ses jardins sous la neige, ses barques tirées sur la berge, est au fond beaucoup plus belle maintenant qu'en été. En été, ça grouille de gens, avec les années j'ai fait connaissance de bon nombre d'entre eux et il arrive même qu'on m'invite chez les uns ou chez les autres pour jouer aux cartes et prendre un verre sous la véranda, c'est agréable. Je ne fuis pas du tout la compagnie. Mais la vie que je mène maintenant, c'est la vraie vie. Bonne ou mauvaise, isolée ou belle, c'est ma vie véritable. Et voilà qu'une chose plus forte que moi, plus forte que tous les tribunaux, les gouvernements et les autorités, cherche à me la prendre.

Ce n'est pas juste.

J'ai fait le tour de la presqu'île où d'ailleurs j'ai provoqué la fuite d'une famille d'élans qui reniflaient l'herbe juste derrière la grange de Brusling et à la fin, j'en suis venu à ce raisonnement.

Ou bien cette lettre m'annonce que ce n'est rien de grave. Ou bien elle m'annonce que j'ai un cancer et que je vais mourir. Le plus probable, évidemment, c'est l'annonce d'un cancer.

L'attitude la plus sage est donc de ne pas l'ouvrir, car tant que je ne l'ai pas ouverte, il demeurera toujours un espoir.

Et cet espoir me laisse une certaine marge. Etroite, oui, car je ne cesserai pas d'avoir mal pour autant, mais ce sera une douleur qui ne m'évoquera rien de précis, je pourrai, pourquoi pas ? l'intégrer à ma vie. Je me suis quand même déjà accommodé de beaucoup de choses.

Quand la lettre est enfin arrivée, j'ai fait le tour de la presqu'île en me promenant avec mon chien et quand je suis revenu, ma décision était prise : je ne l'ouvrirais jamais.

Elle était posée sur la nappe à fleurs de la cuisine, à côté des choses pour le déjeuner, les oiseaux picoraient sur la mangeoire de la fenêtre exactement comme avant et la neige avait eu le temps de fondre encore plus depuis tout à l'heure, des gouttes tombaient de la gouttière.

Une enveloppe brune avec une découpe transparente et en haut dans le coin à gauche, une inscription : *Hôpital régional de Västerås, Laboratoire central.* Je l'ai tâtée. Il y avait un seul papier à l'intérieur, un papier apparemment assez petit et plié en deux. J'ai levé l'enveloppe vers la lumière du jour. On ne voyait rien à travers.

Si je l'ouvre, ai-je pensé, qu'est-ce qui sera modifié en moi ? Si on m'annonce qu'il ne me reste plus que quelques mois à vivre, serai-je alors tout à fait paralysé ? Serai-je obligé d'aller à l'hôpital ? Oui, sans doute, pour y passer mes derniers mois dans un lit avec des douleurs de plus en plus violentes et moi maigrissant chaque jour, m'affaiblissant et plus du tout maître de la situation.

Mais si je l'ouvre et que l'on m'annonce que l'analyse des prélèvements révèle de simples tumeurs bénignes ? Un ulcère, un calcul biliaire, mais qui nécessitent une opération ou un régime, et si je m'expose à un danger mortel en continuant à aller et venir avec un calcul biliaire dont aucun médecin ne s'occupe ?

Et si, en n'ouvrant pas cette lettre, ma maladie allait en s'accentuant ? Sans doute ne pourront-ils pas me joindre si je ne réagis pas et peut-être une autre lettre arrivera-t-elle un jour, mais il sera alors probablement trop tard.

Quand la lettre est arrivée, je ne l'ai pas ouverte. J'ai commencé par faire une longue promenade avec mon chien.

De retour à la maison, je me suis mis à jouer avec l'idée que je ne l'ouvrirais jamais.

J'ai, en quelque sorte, joué un peu trop longtemps avec cette idée, une seconde seulement, rien qu'un dixième de seconde peut-être, mais ça suffit.

Si cette lettre contient ma mort, je refuse.

Il ne faut pas se mêler de la mort. J'ai eu la chance

d'apprendre ça assez tôt et c'est un truc qui m'a été utile toute ma vie.

Selon Wilhelm Wundt qui a eu, en son temps, une assez grande réputation de psychologue, il y a, si je comprends bien le dictionnaire, trois sortes de sensations douloureuses. Les douleurs sourdes, les douleurs aiguës et les douleurs cuisantes.

Contrairement à ce qui s'est passé avec les sensations concernant les couleurs, la langue n'a pas développé de mots particuliers pour désigner les sensations concernant les douleurs. Elles n'ont pas de nom.

Peut-être parce que deux hommes peuvent voir la même couleur, mais qu'il leur est impossible de ressentir la même douleur ?

Ma douleur est sourde. Pas uniquement sourde. Certains jours elle est également cuisante, mais la plupart du temps, elle est sourde.

Je crois que ça a commencé la nuit où le chien s'est échappé, car pour la première fois j'ai ressenti au plus profond de mon sommeil cette tension bizarre et sourde du côté des reins, un peu comme si quelqu'un avait glissé là un ballon de football et qu'il le gonflait par à-coups, en ne s'occupant pas de savoir si moi je bougeais ou pas.

C'est en tout cas la nuit qui a suivi la fugue du chien que j'ai remarqué cette tension sourde pour la première fois.

Le plus souvent, elle commence pendant la nuit, j'en rêve longtemps avant qu'elle parvienne à me réveiller, elle existe dans mon rêve comme une menace dont j'essaie tout le temps de me *détourner*, sans la voir, dans mon rêve j'en détourne littéralement le visage, mais elle approche de plus en plus près, elle me force à la *voir* et je me réveille.

Jusqu'à Noël, les cachets ont assez bien endigué la douleur — on me les avait donnés, au début, à Fagersta, quand ils croyaient encore que j'avais des calculs rénaux. (J'ai d'ailleurs cru, au début, que c'était un lumbago ou la prostate, mais il s'est avéré que je n'avais pas la moindre idée de l'endroit où une inflammation de la prostate doit faire mal.)

Maintenant, après Noël, je découvre que ces cachets, qui sont assez forts — je peux tout le temps en acheter d'autres, dieu merci, avec mon ordonnance —, n'arrivent plus à la diminuer. Ce n'est pas la douleur qui est devenue plus forte, ce sont les cachets — autant dire mon système nerveux — qui ont perdu en quelque sorte de leur efficacité.

Cette tension me donne à nouveau un corps ; jamais depuis ma puberté je n'ai eu aussi fort le sentiment d'avoir un corps, j'y suis intensément présent.

Seulement, ce n'est pas le bon corps. C'est un corps qui brûle.

Et puis, l'espoir, bien entendu. La semaine dernière, il y a eu deux ou trois jours où j'étais absolument persuadé que la douleur s'en allait, tout était comme d'ordinaire, j'avais presque oublié à quel point mon corps pouvait être ordinaire avant qu'il ne commence à me faire sérieusement mal dans le dos. Je n'osais presque pas espérer, mais j'espérais quand même.

Je faisais mes petites promenades et je remarquai que le paysage était comme teinté par cette douleur. Ici et là, il y avait un arbre où j'avais eu particulièrement mal, une clôture que j'avais frappée de la main en marchant. Quand je suis revenu pendant ces jours sans douleur, la douleur était, si je puis dire, restée dans la clôture.

La douleur est un paysage.

Et puis, bien sûr, la revoilà, le dimanche soir, elle est là, pas tout d'un coup, mais lentement, à petits bonds, comme un chien qui avance en reniflant une trace.

Il a fallu un bon nombre de visites médicales avant qu'ils ne commencent à se poser la question de savoir si ça pouvait être un cancer. Puis encore une foule de visites chez le médecin et plusieurs jours passés dans la salle d'attente avec ces prolétaires de la douleur avant qu'ils n'en viennent à se dire qu'il fallait faire un tas de prélèvements de tissus, de sang et des examens contrastés. Et pas mal de temps encore avant que tous les prélèvements aient été effectués. On est arrivés en novembre, puis en décembre.

Ensuite, je n'ai plus eu de leurs nouvelles jusqu'à hier, donc, dernier jour de février.

Quand la lettre est enfin arrivée, je ne l'ai pas ouverte tout de suite. Au lieu de ça, j'ai fait une longue promenade avec le chien en réfléchissant à la situation. Le paysage était pareil à lui-même, très gris, des arbres dénudés avec des branches pathétiques à la mine de plomb. De la glace épaisse avec de la neige humide sur le lac, enfin, en février.

Je suis resté un assez long temps à regarder fixement l'enveloppe, à tâter son épaisseur et à évaluer son poids, jusqu'au moment où il a fait beaucoup trop froid dans la cuisine, parce que le poêle s'était éteint, faute de bois. Quand j'ai enfin levé les yeux, la nuit tombait déjà. L'après-midi était très avancé. Un de ces après-midi typiques de février où la nuit commence à tomber dès quatre heures.

Pour finir, je suis sorti chercher du bois et j'ai ranimé le feu.

Je me suis servi de la lettre pour l'allumer.

(Carnet jaune I : 8)

2

UN MARIAGE

... à ce sujet, je peux d'ailleurs raconter une histoire assez extraordinaire qui concerne une rencontre. Il y a dans la région une assez jeune femme ou jeune fille à la silhouette agréable. Je ne l'avais jamais vue de plus près qu'à peut-être cinquante mètres environ, et je l'avais toujours trouvée plutôt belle. Avec un teint remarquablement frais, de grands yeux noirs, très noirs, un long cou blanc.

J'avais tout le temps caressé l'idée assez tendre, assez plaisante de tomber amoureux d'elle ; mais je ne la voyais que lorsqu'il y avait un concert d'orgue à l'église de Väster Våla. Les premières années qui ont suivi mon divorce, je n'ai guère rencontré de monde en dehors de mon travail.

A la fin, j'ai quand même voulu vérifier si ce que je m'imaginais d'elle était vrai, et j'ai trouvé une assez bonne occasion. Durant l'entracte d'un concert donné par le quatuor de Köping, je me suis avancé jusqu'à elle dans le narthex et je l'ai saluée.

Je n'avais pas d'autre plan ou pas d'autre arrière-pensée que d'entendre tout simplement ce qu'elle allait me répondre. Je lui ai donc un peu parlé, d'une façon neutre et polie, mais au moment précis où j'allais ouvrir la bouche pour me présenter et où je l'ai véritablement regardée, j'ai eu soudain envie de me taire.

J'ai aperçu sur son visage quelque chose qui ressemblait à de désagréables petits boutons ou petits furoncles, comme si elle avait eu quelque étrange maladie de peau, et cela m'a immédiatement fait changer d'idée. J'ai quand même poursuivi, elle m'a répondu et elle a bavardé d'une façon assez agréable et polie. A la vérité, il n'est pas impossible que le hasard ait voulu que j'aie fait sa connaissance un de ces jours fâcheux et inopportuns où les relations sexuelles sont interdites ; dans la région, elle passe vraiment pour être assez belle.

J'ai pourtant éprouvé une sorte de soulagement à la suite de cette rencontre. Elle m'a délivré de quelque chose qui ressemblait au commencement plutôt désagréable d'une anxiété. Et d'une mauvaise habitude, celle de m'attacher à toutes sortes d'objets attirant mon attention inquiète.

...

Mais ce qu'il faut naturellement se demander, c'est : lorsque nous aimons quelqu'un ou plutôt lorsque nous tombons amoureux de quelqu'un, de quoi, en fait, tombons-nous amoureux ?

Est-ce l'idée d'un être ou bien l'être lui-même que nous aimons ?

Nous ne vivons, peut-être, qu'avec nos idées. Peut-être n'aimons-nous, tout le temps, que nos propres idées ?

...

L'amour et la distance géographique. Quand un être que nous aimons part en train, on ressent parfois très distinctement une sorte de soulagement. On est débarrassé de la réalité. On peut tranquillement recommencer à vivre avec une idée.

Quelle est la plus grande distance à laquelle on peut aimer quelqu'un ? Une fille que j'aimais beaucoup quand j'étais jeune — elle s'appelait Monica — est partie en Californie. Nous avons correspondu pendant de nombreuses années, puis ça s'est tout naturellement éteint.

Existait-elle alors pour moi ? Ou bien était-ce une idée avec laquelle j'ai vécu durant tout ce temps ?

Quelle est la plus grande distance à laquelle on peut aimer quelqu'un ? 1 000 kilomètres ? 25 kilomètres ? Un de mes vieux rêves est d'avoir une maîtresse à Skultuna. C'est à une distance merveilleuse, il faut exactement une demi-heure pour la parcourir en voiture. Peut-être un peu moins en été et un peu plus quand la route est glissante.

Quelle est la plus grande distance à laquelle on peut aimer quelqu'un ?

Réponse : moins d'un millimètre. Et sans nom.

...

Quand nous avons enfin décidé de divorcer et que Margareth a commencé à se demander comment trouver un appartement à Västerås, il s'est passé une chose bizarre. Nous allions et venions dans notre appartement en regardant et en retournant les objets, quels livres étaient à elle, quels autres étaient à moi. Où avait-elle acheté ceci, allait-elle emporter ou non la vieille armoire à jalousies ?

Nous étions tous les deux d'excellente humeur,

presque gais. Nous plaisantions, bavardions comme cela ne nous était pas arrivé depuis plus de deux ans, nous éprouvions elle et moi une sorte de soulagement et nous avons été surpris de constater à quel point nous existions réellement l'un pour l'autre.

Nous n'avions plus besoin de vivre ensemble, chacun à travers l'idée que nous nous faisions de l'autre.

(Carnet bleu I : 1)

... en février 1968 ou 1969, je venais d'être élu, je n'ai jamais très bien compris pourquoi, membre suppléant du Comité de l'Association biologique suédoise. Notre assemblée annuelle avait eu lieu à la Maison des Citoyens à Stockholm et quand j'en suis sorti, ce soir-là de février, il devait être près de six heures, il faisait déjà nuit. Je logeais à l'hôtel Malmen, de l'autre côté de la rue, mais comme je n'arrivais pas à trouver quoi faire, je me suis décidé pour une promenade bien que la température fût de moins dix.

J'ai descendu Folkungagatan, il n'y avait presque personne dehors, c'était pourtant un dimanche soir, c'était la nouvelle lune, une mince couche de neige recouvrait la rue et même la chaussée.

Je suis allé jusqu'au port et je me suis retrouvé dans Stigbergsgatan, vers Sista Styfverns Trappa, des quartiers quasiment oubliés, qui n'ont pas changé depuis August Strindberg. Une ville étrange et froide, quelque part au fin fond de la Scandinavie, de petites maisons en bois peintes en rouge, sur le bord de la falaise, des escaliers en bois, des maisons qui sentent le goudron, des noms rappelant la Baltique, les Estoniens, les Finlandais. Une ville dans la ville exactement semblable à ma campagne et aussi abandonnée qu'elle. Une ville où tout vient d'en haut, décrets, impôts, recrutement d'armées destinées à mourir de froid dans des marais slaves et même la révolution bourgeoise.

J'étais un peu fatigué après toute cette journée passée dans une pièce enfumée et mal aérée de la Maison des Citoyens, il y avait eu des discussions assez compliquées au sujet du budget des biologistes et, de plus, j'avais sans arrêt réfléchi à autre chose, dont je ne parlerai pas ici.

Quand j'en suis sorti, j'avais la tête complètement vide et une seule idée : descendre Folkungagatan. J'avançais machinalement, mon bonnet de fourrure enfoncé sur mes oreilles. Un quartier succédait à un autre quartier, je ne pensais vraiment à rien.

Arrivé à Stadsgården, une chose m'a soudain frappé : je pensais quand même à quelque chose, je pensais à *mon enfance à Stockholm.*

C'est l'hiver, nous sommes en 1880 ou aux environs de 1880, il fait très froid, il y a beaucoup de neige. Nous habitons quelques maisons basses en bois le long du canal de Karlberg, qui est complètement gelé, et l'après-midi, en sortant de l'école, nous, les enfants, nous faisons du patin à glace, nous portons de ces patins vieillots qui se terminent par une pointe relevée comme celle d'un tisonnier et nous glissons sur le canal gelé. Tout est très clair devant mes yeux. Ma petite sœur a de la peine à faire tenir ses patins sur ses grosses bottines et je l'aide à en fixer les courroies. Nous patinons dans la lumière basse et oblique, entre après-midi et soir. Quelques grandes péniches au parfum de goudron sont prises dans la glace et nous montons sur le pont pour regarder, bien que cela soit interdit. Nous voyons quelques bouteilles de bière que des dockers ont laissées sur le pont, des bouteilles vertes avec un long col, du modèle vraiment ancien.

Un après-midi, je trouve dans les broussailles, près du canal, le cadavre d'une femme pris dans la glace, le bras seul sort et se dresse, c'est une jeune femme, elle s'est noyée dans le canal cet automne et maintenant son corps est pris dans la glace. Cela n'a rien de terrifiant. C'est presque naturel qu'une jeune femme soit prise dans la glace, c'est seulement très triste et j'ai grand-pitié d'elle.

Seulement quand je rentre à la maison et que je raconte ce que je viens de voir, ça fait un terrible remue-ménage. Les gens se précipitent, des hommes arrivent de la ville avec de longues scies pour découper la glace et nous, les enfants, on ne nous permet pas d'aller regarder...

Arrivé là, je lève les yeux et je découvre : MON DIEU, JE N'AI JAMAIS PASSÉ MON ENFANCE À STOCKHOLM. Et encore moins dans les années 1880 !

Quelqu'un se laissant facilement impressionner commencerait à parler de métempsycose et de souvenirs d'une autre existence. Mais on n'a pas besoin d'explications aussi compliquées.

Quand on abandonne un moment le subconscient à lui-même, il se met tout bonnement à filer sa trame. Il se crée une identité, s'adapte au milieu, produit sans rechigner de nouvelles formes pour remplir le vide qui se crée soudain quand nous oublions la vie quotidienne.

Il semble que le subconscient ne redoute rien autant que le sentiment *de n'être personne*.

Dans son zèle intempestif, ce bougre était en train de me fabriquer une biographie !

(Carnet bleu II : 1)

Par chance, ceux qui vont avoir pour nous de l'importance, nous les rencontrons non pas une fois, mais une vingtaine de fois au moins, avant que nous ne prenions au sérieux l'avertissement.

C'est du moins ainsi que cela s'est passé pour moi.

Nous rebondissons, nous nous échappons aussi longtemps qu'on le peut.

C'est au collège de Västerås que j'ai dû voir, un jour, Margareth pour la première fois. Je suivais le cursus de cinq ans, elle suivait celui de quatre ans. Dans son école il y avait surtout des élèves originaires de la campagne, car pour eux c'était aussi pénible que difficile d'aller à l'école, soit par le car, soit par le train, durant tout un semestre et leurs parents essayaient d'abréger autant que possible la durée de leurs études.

Ainsi ceux qui arrivaient de Surahammar et de Hallstahammar, de Kolbäck, de Rytterne et de Strömsholm pour suivre les cours du lycée, mûrissaient-ils peut-être plus vite et devenaient-ils un peu plus indépendants que nous qui habitions en ville. Ils formaient un clan un peu à part.

Le souvenir que je garde d'elle à cette époque est celui d'une petite fille blonde, maigre, plutôt silencieuse, qui devait avoir toujours froid car elle portait tout l'hiver un bonnet tricoté, d'un modèle assez ridicule, qui lui descendait jusque sur les oreilles. On la découvrait blonde beaucoup plus tard, au printemps.

Elle paraissait plutôt timide.

A cette époque, je m'intéressais exclusivement à une autre fille de sa classe, une fille qui jouait au tennis, avait de longs cheveux bruns, de grands yeux, des seins précocement développés et des pommettes un peu saillantes comme les ont assez curieusement certaines filles du Västmanland. Absolument impossible de me rappeler son nom. Margareth et elle étaient amies, du moins les voyait-on souvent ensemble, un couple plutôt bancal, comme il en existe souvent, où l'une est intéressante et l'autre pas.

Je crois qu'elle a essayé quelquefois de me parler, c'est en tout cas ce qu'elle prétendait durant nos années de mariage, ajoutant que je faisais alors comme si elle n'existait pas.

Quand j'y repense, j'ai tout bonnement l'affreuse impression qu'à cette époque elle me répugnait un peu, un tout petit peu. Une espèce de malaise se dégageait d'elle. Mais venait-il d'elle ou de moi ?

Ce malaise témoignait-il finalement d'une attirance ? Etait-il déjà une prémonition de la place plus importante qu'elle allait prendre un jour dans ma vie ?

La seule chose de ce temps-là dont je me souvienne distinctement, c'est la haine sauvage, mais parfaitement refoulée, que j'éprouvais envers la presque totalité du monde extérieur : professeurs, école et même camarades. Oui, l'ensemble du monde extérieur puisque celui-ci paraissait tout à fait disposé à me traiter avec la plus grande hostilité et à me rabaisser et m'humilier, toujours au nom du droit du plus fort.

Cette petite fille plutôt blonde et plutôt démunie semblait aussi écrasée et sans doute aussi amère que moi. Je ne pouvais évidemment pas la trouver intéressante ! C'était de gens décontractés que j'avais besoin.

Quand je suis arrivé à Uppsala et que je me suis inscrit à l'école normale, la plupart de mes copains étaient déjà là depuis un bon moment. Après mon service militaire, j'étais resté assez longtemps à l'école de sous-officiers de la marine et, tandis que j'entrais, moi, à l'école normale, tous ceux que je connaissais depuis Västerås fréquentaient l'université.

Margareth est arrivée à l'école normale l'année suivante.

C'est à un bal que je l'ai de nouveau rencontrée. Je ne crois pas avoir eu l'intention de l'inviter, mais pour une raison ou une autre, je l'ai invitée quand même.

C'est là que j'ai découvert l'extraordinaire chaleur sensuelle qui émanait d'elle. J'ai dansé avec elle de très près.

Mais une fois seulement.

Cette nuit-là, je suis rentré avec une tout autre fille dont je ne garde qu'un souvenir : elle était bien plus grande que moi et je crois même avoir couché avec elle.

Coucher avec Margareth aurait paru plutôt trivial.

Je n'ai pas mené une vie très rangée pendant ces années d'Uppsala. L'école normale c'était facile, la seule chose vraiment difficile, c'était d'apprendre à jouer de l'orgue, ces sacrées pédales ne voulaient jamais suivre comme il le fallait et quand, environ dix ans plus tard, j'ai voulu apprendre à conduire, le moniteur se plaignait de ce que je traite les pédales de la voiture comme celles d'un orgue. Ces pédales mises à part, les cours de l'école normale d'Uppsala étaient — comment dire ? — un jeu d'enfant, oui, de l'enfantillage et je passais le plus clair de mon temps à draguer.

Je ne sais pas pourquoi, à cause j'imagine de mon anxiété, mais une seule chose m'intéressait, la séduction.

Le mot est un peu solennel, c'est vrai... mais il s'agissait bien de séduction.

Je voulais me prouver que j'existais réellement. Et ça, on ne peut se le prouver que d'une façon : en exerçant une action sur une autre personne.

Plus cette action est forte, plus on se sent exister.

Pendant toutes ces années, je voulais absolument qu'on me voie. C'était un véritable besoin. Et pour moi, parvenir à séduire quelqu'un, c'était aussi arriver à être vu.

Il y avait à cette époque des bals fantastiques aux cercles d'étudiants à Uppsala, les bals du mercredi au cercle de Västmanland-Dalarna surtout étaient fabuleux : une formidable cohue, une odeur de parfums à quatre sous, les filles d'un côté, les garçons de l'autre. Et une telle fournaise que c'était miracle si le vernis sur les portraits accrochés aux murs des vieux présidents d'honneur, couverts de décorations, ne fondait pas.

Au fond, il n'y avait qu'à se servir. D'une façon curieusement impersonnelle.

C'étaient les filles un peu timides, un peu renfermées

qui m'intéressaient le plus ; celles que l'on pouvait modeler.

Celles qui tremblaient légèrement quand on dansait avec elles. Celles dont le corps se tendait imperceptiblement.

Je crois que je voyais tout ça d'une façon très mécanique, c'est-à-dire que je déclenchais un processus dont le but était de me prouver quelque chose sur moi-même.

(« Moi-même » : je trouve aujourd'hui que cette expression est une sorte de non-sens. Elle n'a tout simplement pas de contenu.

Mais je n'arrive pas à expliquer exactement ce que je veux dire.)

J'avais très peu d'argent à cette époque-là. La monnaie était plus forte qu'aujourd'hui, mais les prêts qu'on vous accordait devaient durer beaucoup plus longtemps, et si on n'en obtenait pas, on était vraiment très mal en point.

Au début, nous étions trois, Bertil, Lennart et moi, à louer ensemble deux grandes pièces dans le quartier de Svartbäcken. Mais au bout d'un semestre, Bertil et Lennart ont commencé à me lâcher.

Ils fréquentaient l'université et ils se firent petit à petit leurs propres amis. Ce n'était pas la seule raison. Bûcheurs tous les deux — Bertil est mort quelques années plus tard, mais c'est une autre histoire —, bûcheurs et ambitieux comme ils l'étaient, ils avaient l'impression que je les entraînais un peu trop souvent au restaurant et cela, aucun de nous trois n'en avait vraiment les moyens.

Je me souviens que jusque vers la mi-novembre, nous allions au restaurant sans porter de pardessus afin d'épargner les quelques couronnes que coûtait le vestiaire.

Les gens qui m'ont revu une quinzaine d'années plus tard disaient toujours que j'avais beaucoup changé et que je m'étais terriblement assagi.

Je n'ai jamais très bien compris de quoi ils parlaient. Je n'avais pas le sentiment d'avoir changé.

Mais à cette époque-là on me considérait, apparemment, comme quelqu'un d'assez désordonné et déréglé ! Je crois même que certains inventaient des histoires drôles sur mon compte.

Mon souvenir le plus précis concerne l'argent et le sempiternel problème qu'il posait : prêts à court terme par-ci, par-là, prêts à rembourser obligatoirement, prêts dont on pouvait à la rigueur se foutre et puis cet air désagréable et fuyant que prenaient les gens quand on leur avait un peu trop souvent emprunté de l'argent sans le leur rendre.

La dernière année a été la pire. Quelle année embrouillée ! Je ne comprends toujours pas comment j'ai pu passer l'examen final dans d'aussi bonnes conditions.

J'étais alors sorti pendant quelque temps avec une fille qui s'appelait Kerstin. Ça devait être au printemps 1958.

Encore aujourd'hui, je crois qu'elle m'aimait vraiment bien, oui, elle m'aimait presque, il y avait du moins quelque chose en moi qui la fascinait. Mais je crois également que je n'ai jamais connu personne qui ait eu peur de moi avec une telle évidence.

Peur de quoi ? Dieu seul le sait !

J'y ai repensé longtemps après, j'ai trouvé toutes sortes d'explications subtiles, j'ai relu ses lettres et j'ai vu ses analyses de jeune fille concernant ma psychologie (égoïste, égocentrique, incapable de garder le contact avec quelqu'un d'autre, etc.), mais à la fin je suis arrivé à quelque chose de tout à fait différent, les raisons devaient être d'ordre social.

Elle venait d'une assez bonne famille de médecins de Lidingö, pas tout à fait le succès, mais quand même une maison « comme il faut », elle préparait une maîtrise en histoire de la littérature et langues scandinaves.

Il était parfaitement clair que je ne représentais pas pour elle un grand avenir.

Elle avait beau me trouver intéressant, j'étais socialement un personnage plutôt douteux.

Je crois que d'autres estimaient que j'étais paumé bien plus que je ne le trouvais moi-même.

Un dimanche matin, alors que je me réveillais chez elle, nous nous sommes disputés, je ne sais plus à quel sujet, c'était un merveilleux dimanche matin. Cet appartement se trouvait à Östra Ågatan, en face du château, et ce château est étrangement beau dans la lumière du matin. Je suis allé dans l'entrée pour chercher le journal qui d'habitude, le dimanche, arrivait vers cette heure, c'était d'ailleurs exactement l'époque du printemps où les journaux commencent à faire de la publicité pour des maillots de bain, car le journal était rempli de ces réclames. Notre dispute a continué après mon retour et elle a dit, malgré tous mes efforts, je n'arrive pas à me rappeler quoi, mais cela a quand même eu pour résultat que je suis tout simplement parti.

Ce fut une histoire épouvantable, je crois qu'un temps de ma vie se termine là.

(Le reste est en train de se terminer cet hiver.)

J'étais absolument désespéré.

Trois semaines plus tard, quelques jours avant la fin avril, j'ai rencontré Margareth. Je ne l'avais pas revue depuis longtemps.

(Carnet jaune II : 1)

Brusque dégel, longue promenade en compagnie du chien. Ces derniers jours, douleurs à peu près contrôlées surtout vers quatre-cinq heures du matin, mais pas graves au point de m'empêcher de me rendormir.

J'ai dû être un peu ailleurs pendant quelques jours car dans l'intervalle tout le paysage a eu le temps de changer. Il y a un brouillard humide, une forte odeur de terre et de troncs de bouleaux pourrissant le long du chemin ; une bande de corneilles, de ces grandes corneilles qui restent ordinairement près du pont de chemin de fer sur la départementale 251, est arrivée d'une façon incompréhensible jusqu'ici, en bordure de forêt. Elles sont installées dans les arbres près de la clôture et toute la matinée, j'entends leurs voix rauques. Il a commencé aussi à faire jour un peu plus tôt. Je me demande quel été nous allons avoir cette année ? Humide et froid comme l'été dernier ou bien un de ces étés vraiment chauds ?

Je suis très curieux de savoir si je serai là pour le voir. De toute façon, il faut veiller à l'étanchéité de la barque. Cet automne, elle fuyait à l'arrière comme une passoire. Elle est restée bien trop longtemps dans l'eau à heurter le débarcadère au moment des tempêtes d'automne. J'allais encore assez bien, alors, mais apparemment je n'avais guère de courage, l'automne dernier.

J'ai de nouveau réfléchi à Margareth. Dans ce brouillard, ou on pourrait peut-être dire dans cette brume printanière, elle me manque en quelque sorte de nouveau. Ses pas précautionneux sur le tapis, le matin — elle se levait toujours la première pour faire le café —, son habitude de poser tous les jours, soigneusement, le journal sur le tas de journaux sous l'évier avant que je puisse avoir la moindre chance de le lire, son habitude presque insupportable de se mettre à travailler à dix heures ou dix heures et demie du soir. Ce sont ces choses-là qu'on se râppelle.

Et maintenant, surtout quand les douleurs m'assaillent, elle me manque beaucoup.

En même temps, il est parfaitement clair qu'entre nous c'était absolument impossible. C'est un pur miracle si cela a duré aussi longtemps.

Tout, toute notre vie commune était basée sur un seul principe très simple, un accord.

Interdit de se voir. Je veux dire, interdit de se voir vraiment l'un l'autre.

C'est un jeu assez compliqué que d'observer pendant douze ou treize ans un tel accord sans jamais perdre le masque, même quand on est en colère ou très malheureux, c'est comme si on vivait enfermé dans une pièce étroite avec quelqu'un, à la seule condition de sans cesse se tourner le dos.

Il faut se demander, bien sûr, ce qu'il peut y avoir derrière un tel accord.

A mon sens, c'est la souffrance. Une sorte de souffrance originelle, qu'on porte en soi depuis son enfance et qui ne doit être vue à aucun prix. Le fait que la souffrance demeure cachée est bien plus important que son existence.

Mais pourquoi est-ce aussi important de la cacher ?

Il nous est arrivé parfois de travailler dans la même école. Quand on se voyait toute la journée, c'est là que ça allait le mieux. Mais si l'un de nous avait été absent toute la journée, quand on se retrouvait, le soir, il se produisait toujours une sorte de moment critique. Une fois terminé le premier récit des événements de la journée, juste après le café et juste avant les nouvelles à la télévision, c'était comme une marée basse, l'eau se retirait, et les rochers apparaissaient.

(Carnet bleu II : 2)

Elle était plutôt petite, elle allait et venait, légère, d'un pas presque dansant, elle parlait d'une voix basse et agréable. Elle avait une belle curiosité, très stimulante, des hommes, du monde, elle lisait beaucoup de livres, il était amusant de parler avec elle. Elle s'intéressait sérieusement à presque tout ce qui se trouvait sur son chemin, sauf à moi peut-être.

Ce dernier printemps à Uppsala avait eu le temps de devenir le commencement d'un été. Il ne demeurait plus grand monde dans la ville, je restais parce que j'avais obtenu un travail, il consistait à enseigner le suédois à des étudiants étrangers et j'avais déménagé pour le centre de la ville. J'habitais temporairement une chambre à Bäverns Gränd, une chambre que m'avait prêtée un camarade parti pour l'été.

Elle est arrivée avec une amie, elle s'est assise à la terrasse de ce petit café tout près de la cathédrale. Je revois encore les manchettes des journaux devant le marchand de tabac en face, elles parlaient de quelque nouvelle phase compliquée dans la bagarre des retraites, — vers la fin des années cinquante cette bagarre battait son plein. Si je me souviens autant de ces manchettes, c'est que je les ai regardées pendant tout le temps où nous avons parlé.

L'amie était une petite fille menue, étroite, avec un visage très mince, et des lunettes.

Une copie de Margareth, pourrait-on dire. Elle ne parlait guère, mais je me souviens que je n'arrêtais pas de les comparer comme si cette comparaison avait eu une importance. Et sans savoir où je voulais en venir.

Tout semblait établi d'avance, à croire que cela avait été convenu depuis des années. Nous restions là à bavarder, nous parlions justement de cette région et nous nous reconnaissions l'un dans l'autre. Pas un lieu, pas un lac, pas une ruine de haut fourneau, pas une voie de chemin de fer désaffectée dans tout le pays qu'elle ne connût pas. Elle avait passé ses vacances dans le nord du Västmanland depuis sa tendre enfance.

Et moi, dans la lumière de ce soir d'été, je reconnaissais à travers elle le paysage.

C'est ainsi, je crois, que cela a commencé.

Elle a toujours été ce qu'on appelle une assez jolie fille, il n'y a rien à trouver à redire à son physique. (Avec les années, ses yeux devenaient de plus en plus intéressants.)

Aussi, je n'arriverai jamais à comprendre tout à fait pourquoi je me sentais toujours un peu gêné et maladroit quand je me promenais avec elle et qu'il nous arrivait de rencontrer une de nos connaissances dans la rue. Etait-ce que j'étais gêné de montrer qu'on était ensemble ?

(Carnet jaune II : 2)

Ce fut une vie assez tranquille. Très tranquille même, ni plus ni moins, tout à fait idyllique. Nous avons déménagé plusieurs fois d'un bout à l'autre du Västmanland, nous avons travaillé comme professeurs dans différentes écoles, nous retapions de vieux appartements de fonction et les rendions tout à fait agréables avec ses tapis à elle et les armoires et les objets que, pour la plupart, je fabriquais moi-même dans mes différentes classes de travaux manuels.

Nous avons peut-être déménagé un peu trop souvent, nous sommes tout le temps restés à la campagne — c'était un mode de vie : pour tous les deux, une sorte de (très vague) contestation de la société. Contestation de « jardinier », pourrait-on dire. Contestation de la société industrielle, de...

Je ne me souviens plus très bien. C'est curieux, mais chaque jour augmente la distance qui me sépare de cette époque : d'autres choses viennent au premier plan, le chant d'un merle devant la fenêtre à l'instant même de mon réveil et un peu plus loin les corneilles dans les arbres, une goutte d'eau sur une branche au milieu de la journée quand arrive le dégel. Toutes ces choses apparaissent désormais dans une lumière nouvelle, tout ce qui se trouve derrière moi semble sans importance.

Elle tissait, tissait sans arrêt ; quand nous déménagions, le plus compliqué à démonter et à remonter, c'était toujours ce métier à tisser. Dans notre dernier appartement, il touchait presque le plafond. Elle faisait elle-même ses teintures, des teintures de plantes à l'ancienne.

A Uppsala, je menais une vie passablement désordonnée avec les filles, les restaurants et les dettes. Ce style de vie néo-organique à la campagne fut effectivement une rupture.

Là aussi, il y avait certainement de notre part un côté romantique ou peut-être anarchiste. Ni elle ni moi n'aimions beaucoup les autorités, la centralisation, le déplacement en masse de gens qu'on éloignait de leurs régions d'origine pour les transplanter dans des banlieues dépersonnalisées ressemblant à des casernes. Nous n'aimions pas l'administration scolaire qui, au lieu d'employer les crédits à rendre les cours d'école un peu plus attrayantes et plus gaies, les dépensaient à commander des sculptures qui n'étaient que de l'ostentation. Nous passions le temps de nos déjeuners à stigmatiser les regroupements de communes et les fermetures d'écoles dans des régions insuffisamment habitées ainsi que les abattages d'arbres, cela démontrait presque trop clairement que toute notre région était traitée comme un réservoir de matières premières, une sorte de garde-manger où l'on venait puiser et rien d'autre.

Je veux dire que c'étaient pour nous des réalités, des choses qui avaient vraiment beaucoup d'importance sur le plan pratique, peut-être qu'il s'y mêlait aussi un élément de snobisme, le sentiment d'être supérieurs et de mieux comprendre le sens de ce qui se passait.

Mais c'était également autre chose : une sorte de lien entre nous. Mieux savoir que les autres, c'est une bonne manière de tenir ensemble.

Ensemble nous avons tenu : sans sentimentalisme, sans beaucoup de sensualité, mais correctement et bien. Nous nous sentions l'un l'autre comme deux solitaires qui se sont trouvés et qui, du fait même de leur isolement, ont quelque chose de commun et ne sont donc plus des solitaires.

Si Margareth et moi tenions ensemble, c'était une façon de dire :

On recommence. On ne se rend pas.

Elle était la fille cadette d'une famille originaire de Falun, dont le père, un chef de clinique, était incroyablement tyrannique. Ses frères étaient tous officiers de réserve, champions suédois de pentathlon militaire, avocats d'affaires et dieu sait quoi encore. Je ne les ai pas souvent rencontrés, mais j'ai l'impression qu'ils me considéraient avec un mépris qu'ils ne se donnaient même pas la peine de cacher. L'un d'eux m'a même demandé un jour si un instituteur arrivait vraiment à subvenir à ses besoins. Nous étions absolument incompréhensibles l'un pour l'autre.

Le père — je crois d'ailleurs qu'il vit encore — était une bête horrible, craint par sa famille, ses infirmières, ses internes et ses aides, connu dans tout le pays pour ses déclarations en matière de médecine, du genre : les filles doivent porter des bas de laine en hiver, les avortements amoindrissent la force militaire du pays, la nation est sur le point de sombrer dans l'alcoolisme et les maladies vénériennes.

La fille cadette avait en quelque sorte été oubliée. J'ai l'impression qu'elle avait passé la plus grande partie de son adolescence à la cuisine. Tremblante devant le père, réduite au silence par ses frères, toute pâle, toute menue et couverte de taches de rousseur, elle s'était réfugiée dans le monde des livres, un monde échappant aux douze pièces de cette maison perchée sur les hauteurs de Falun. Je crois que la poésie moderne fut son médiateur, elle avait commencé à la lire par curiosité parce qu'on s'en était moqué à la table du dîner, un soir, et à travers les citations d'Ekelöf et de Lindegren, récitées avec des ricanements, elle avait découvert que cette poésie lui parlait d'elle :

Je cherche un or qui rende tout or sans valeur.

Selon moi, elle est devenue femme très tard. On allait justement l'envoyer dans quelque école ménagère quand, pour la première fois de sa vie, elle s'est vraiment mise en colère, elle a dit tout ce qu'elle avait sur le cœur, elle s'est trouvé une chambre à Uppsala et s'est inscrite à l'université.

C'était une famille bourgeoise indescriptiblement *suédoise*. Dix ans plus tard, j'en percevais encore des traces dans sa façon de parler.

Cette énorme, cette méprisante aversion pour tout ce qui ressemble à un travail personnel, intellectuel, tout ce côté hostile à la philosophie. Pour eux, « la culture » c'était pouvoir prononcer correctement quelques mots de français. Par contre, s'intéresser à Marx, à Kierkegaard ou à Freud, c'était de la « pseudo-culture ». Digne d'un instituteur.

Il restait en elle une sorte d'aversion prudente pour tout ce qui pouvait ressembler à des « spéculations ».

Je me souviens qu'une fois, je me suis vraiment fâché avec elle, au point de ne pas lui adresser la parole pendant plusieurs jours. C'était au cours d'un voyage en train pour Copenhague. (Nous avions l'habitude de faire, parfois, de ces voyages pendant nos vacances.)

Cela a commencé quand j'ai lancé une idée qui m'était venue à propos d'une chose que j'étais en train de lire.

— Et si le mot « moi », ai-je dit, était au fond un mot complètement dépourvu de sens ? Dans le langage courant, on utilise le mot « moi » absolument de la même façon que les mots « ici » et « maintenant ». Tout le monde a le droit de s'appeler « moi », et en même temps seule une personne à la fois détient ce droit, celle justement qui parle en cet instant.

Personne ne s'imagine que « ici » ou « là » signifient quelque chose de particulier, que quelque chose *existe* derrière ces mots. Pourquoi donc s'imaginer avoir un moi ?

Ça pense en nous. Ça sent. Ça parle. C'est tout. Ou bien : ça pense *ici*, et en disant cela, je portai le doigt à mon front.

— Si tu continues avec ce genre de spéculations, tu vas devenir fou, m'a-t-elle dit.

(Carnet jaune II : 8)

Quelle merveilleuse matinée ! Du fond de mon sommeil, je rêvais qu'un éléphant plein de bonnes intentions, mais en principe terriblement dangereux, me pourchassait sur une plaine sans fin — mais pas de douleurs cette nuit —, du fond de mon sommeil, je sentais que le grand anticyclone bleu était arrivé. Quand je me suis levé, à sept heures, il reposait comme une gigantesque bulle sur tout le paysage et même maintenant, alors que l'après-midi a déjà commencé, on ne voit pas un seul nuage.

Des choses pareilles sont plutôt rares au mois de mars.

Ce matin, j'ai eu le temps de passer en revue toutes les ruches. J'ai versé du sirop dans chacune, il n'y a eu finalement qu'un seul essaim qui soit mort de froid, mais j'étais presque sur le point de dire que déjà avant, il filait un mauvais coton. Je n'ai jamais très bien compris ce que ces abeilles faisaient. Elles ne remplissaient qu'une plaque sur deux environ et encore, en hésitant, presque avec coquetterie comme pour faire entendre qu'elles voyaient bien ce que valaient ces plaques en cire artificielle. Seulement bien sûr, elles pouvaient quand même travailler un peu elles aussi, juste pour montrer qu'elles avaient la géométrie dans la tête.

Sales coquettes ! Je suis content qu'elles soient mortes de froid. Cet été elles auraient sûrement été prises par la fièvre d'essaimage et elles se seraient tuées de toute façon. L'idée de la révolution permanente, pour ainsi dire.

Marengo, Austerlitz, Leipzig... Je connais peu de chose invitant à ce point au césarisme que le fait d'avoir des abeilles. On peut vivre toutes les sensations d'un Napoléon, sans être cruel envers les chevaux et sans voir mourir un seul homme.

A la place, on voit mourir pas mal d'abeilles.

Cela aurait pu continuer indéfiniment : c'était bien, il y avait une harmonie dans tout cela, une harmonie au prix de quelque chose, mais une harmonie quand même, oui, cela aurait pu continuer.

S'il n'avait pas commencé à se passer des choses, à la fin des années soixante. Cela a été si soudain qu'il m'a fallu plusieurs années pour comprendre ce qui était arrivé. C'était tout simple, j'ai fait face à une sensation radicalement nouvelle, totalement inattendue : l'amour.

Naturellement cela a été une catastrophe. Je savais depuis le début que ça se passerait ainsi, mais aucune catastrophe ne pouvait réellement m'arrêter. Quand je repense à la façon dont j'ai agi, on dirait que j'ai tout le temps *voulu* la catastrophe. On ne peut guère interpréter ça autrement.

C'est une histoire incroyablement ridicule tant elle comporte d'événements fortuits, surprenants et bizarres.

Je participais de temps à autre à ces assemblées de biologistes à Stockholm. Et comme j'étais membre suppléant du Comité, on me payait le voyage. Je passais donc la nuit à l'hôtel Malmen et le soir j'allais au concert ou à l'Opéra. Un petit plaisir secret, rien de bien particulier.

Mais une fois, en octobre 69, comme nous avions une de ces assemblées, j'ai décidé de ne pas rester à Stockholm pour la nuit, mais de rentrer par le dernier train. Je n'arrive pas à me rappeler pourquoi.

J'avais apporté ma serviette à l'Opéra, j'ai filé au dernier entracte et je suis arrivé exactement à l'heure pour prendre le train de 22 h 40 qui va à Oslo par Hallsberg et Västerås. D'habitude, il est bondé de touristes américains qui se rendent en Norvège et de tout un tas de gens plus ou moins soûls qui descendent à Enköping et Västerås. Ce train devient ensuite de plus en plus un train de nuit.

J'entre dans un compartiment presque complet et je m'assieds. A ma gauche, un type qui pue l'alcool et qui dort, avec devant son visage un de ces pardessus en poil de chameau, en face de moi quelques fillettes maigrichonnes, des étudiantes peut-être, et à ma droite, près de la fenêtre, une dame blonde, assez grande, d'âge moyen, apparemment célibataire et qui aurait été laide si elle n'avait pas eu une tête aussi magnifique.

L'étrange, c'est qu'à peine entré, j'ai commencé à lui parler sans même lever les yeux du livre que je venais de sortir de ma serviette. Je lui ai expliqué à quel point les wagons de ce train étaient inconfortables. Je lui ai parlé horaires, wagons-lits pour Oslo et dieu sait quoi encore — l'étrange, c'est que pas un seul instant je n'ai levé les yeux de mon livre. Je parlais avec vivacité et continuais ma lecture.

Ce n'est qu'à l'arrêt en gare de Kungsängen, lorsque j'ai voulu sortir dans le couloir pour voir où nous étions, que je l'ai remarquée.

Il émanait d'elle... comment dire — il émanait d'elle une atmosphère maternelle. A première vue, elle n'avait rien d'extraordinaire, elle était plutôt un peu grasse, mais c'est quand j'ai découvert ses yeux qu'il a dû... *se passer* une chose extraordinaire. Oui, ces yeux-là me *voulaient* quelque chose, ils me rendaient plus réel, quelque chose avec... *(deux lignes biffées à l'encre de Chine).*

Et ensuite, à Enköping, quand je comprends qu'il n'y a plus à cette heure de correspondance pour Tillberga et que j'hésite juste un centième de seconde avant d'accepter sa proposition incroyablement rapide et gentille de m'y conduire en voiture, bien qu'il soit tard — elle était médecin à l'hôpital d'Enköping et habituée à des horaires très étranges — et puis la décision presque aussi rapide de *ne pas* repartir d'Enköping et nos baisers, nos caresses (une histoire banale, non, une histoire pas banale du tout) et le sentiment d'être entièrement absorbé par quelque chose de tout à fait étranger, de *changer* et la sensation bizarre que soudain tout est devenu très calme.

Comme si on rentrait chez soi.

Croyez-moi si vous le voulez, mais tout un printemps a passé sans que je la revoie alors que nous n'habitions qu'à soixante ou soixante-dix kilomètres l'un de l'autre. Il y avait là comme une prodigalité ou le sentiment d'une richesse que nous pouvions gaspiller.

Nous avions l'habitude de nous téléphoner le soir et de nous raconter ce qui s'était passé dans la journée, nous

nous écrivions de petits billets très objectifs. Une histoire drôle, parfois.

J'ai vite appris à connaître les noms de tous les médecins et de toutes les infirmières et même les noms des malades les plus intéressants de son service à l'hôpital d'Enköping, elle, de son côté, savait presque tout ce qui se passait chez moi. Et chez moi, il ne se passait pas grand-chose.

Etre si près d'une autre vie se déroulant dans un autre lieu, un environnement tout à fait différent, cela m'a donné une espèce de double vie et c'était peut-être ce genre de double vie dont j'avais besoin sans le savoir.

(J'ai toujours pressenti que toutes les solutions se trouvaient quelque part entre la vie que je vivais et une autre vie.)

Peut-être que tout aurait pu se calmer et en rester là. Nous avions couché une fois ensemble. OK. Ce sont des choses qui arrivent, elles arrivent assez souvent dans certaines vies, moins souvent dans d'autres. Nous avions couché une fois ensemble, c'était très bien, cela m'apaisait. Je n'exclus pas la possibilité qu'elle l'ait fait avec au moins l'intention première de m'apaiser. Cela aurait pu se terminer là.

Mais ses yeux me rappelaient quelque chose. Tout simplement, ils éveillaient en moi quelque chose à la vie.

Ils me donnaient le sentiment qu'il existait une chose très importante que j'avais tout le temps négligée. (Une histoire banale, non, une histoire pas banale du tout.) Je découvris des choses que j'ignorais sur moi. Cela donnait un nouveau sens à ma vie, un nouveau départ.

L'erreur vraiment intéressante que j'ai commise a été, naturellement, de raconter cette histoire à Margareth.

(Il va de soi que petit à petit, cela devint pratiquement inévitable ; comment expliquer, en effet, que tous les deux jours je passe une demi-heure à parler à voix basse au téléphone — longs monologues entrecoupés de longs silences — avec quelqu'un à l'autre bout du fil qui ne pouvait pas être de nos connaissances habituelles.)

Je m'étais attendu à toutes les réactions possibles, mais pas à ce qu'elle soit contente. Elle le fut. Soulagée et contente comme si elle se sentait enfin relevée d'une trop grande responsabilité.

— Invite-la à venir un de ces jours, me dit-elle, en parlant d'Anna. Elle serait sûrement heureuse de voir comment c'est ici. Qu'elle vienne donc un jour, cet été. Est-ce qu'elle a une voiture ?

Bien entendu, c'était le commencement de la fin, mais sur le moment je ne l'ai pas compris.

Je l'ai invitée un dimanche du mois de juin. Un très beau dimanche de juin. Je suis allé chercher Anna à la gare.

— Le lac est très beau, dit-elle. Je ne l'imaginais pas du tout aussi grand.

— Ça me fait plaisir de te revoir.

— Je ne sais pas. Je ne me sens pas très à l'aise.

— Pourquoi doit-on toujours se comporter comme dans les romans ? ai-je répliqué.

— Non, je suppose que tu as raison, a-t-elle dit.

Ce fut très bizarre de voir ces deux femmes ensemble, Margareth, petite et menue et fraîche, Anna, maternelle, grave, soucieuse, un peu comme si elle était venue s'occuper d'un malade. Elles ne savaient rien l'une de l'autre, tout ce qu'elles avaient en commun, c'était moi.

Elles ont paru un peu gênées pendant les deux premières minutes. Ça n'ira jamais, voilà ce que j'ai pensé. Ça va être un après-midi épouvantable, pourvu qu'il passe vite. Dans quelle entreprise folle je me suis fourré là.

Comme je l'ai dit, c'était un merveilleux dimanche matin, en juin 1970. Autour de nous, le Västmanland. D'un incendie de forêt, au nord, sur une des crêtes bleues toutes boisées, nous parvenait un faible parfum très aromatique d'incendie. (Les incendies de forêt ont cela de particulier qu'ils sécrètent un parfum âcre et désagréable de près et un parfum plutôt aromatique et agréable à quelques kilomètres de distance.)

De petits coups de vent léger passaient sur le grand lac Åmänningen, qui faisaient onduler la surface de l'eau. Au nord-est, les grues des mines désaffectées étaient en train de rouiller, de ces mines qu'il n'était plus rentable d'exploiter depuis que le fret du minerai africain avait baissé. Au nord, un grand nuage de fumée rouge montait d'une coulée des aciéries de Trummelsberg. Du canal et de toute la ribambelle de lacs vers le sud, nous parvenait le bruit des canots à moteur qui les montaient ou les descendaient.

C'était l'époque où soudain toute la région revit et se peuple. Celui qui a connu la paix de l'hiver — quand le plus proche voisin, c'est une lumière qui clignote au loin, à une fenêtre, de l'autre côté du lac, à six kilomètres — ne peut pas comprendre qu'il s'agisse du même pays.

Au sud, la ceinture de forêts de plus en plus riches en eau, de plus en plus marécageuses, qui nous sépare des plaines du Mälar, l'église de Ramnäs et sa curieuse coupole en forme d'oignon. Ramnäs où revenait toujours mon pauvre oncle Knutte, l'alcoolique, quand, sous une pluie qui tombait à verse, il essayait de rejoindre à bicyclette la boutique du Monopole des vins et spiritueux à Västerås. Et enfin, la plaine s'ouvrant vers Sörstalfors et Kolbäck, avec sa rivière noire et paisible, ces régions où ma malheureuse et romantique tante Klara a erré pendant tout un mémorable automne, après la deuxième guerre mondiale, en compagnie d'un vieux vagabond, aveugle et barbu, dont elle était tombée éperdument amoureuse — elle est morte peu après d'une pneumonie, la pauvre petite. Nous sommes une famille bizarre. Nous faisons des choses bizarres.

Et me voici en train de présenter une dame, apparemment le grand amour de ma vie, à ma femme.

Elles ont fait très aimablement le tour du jardin, en regardant chaque massif. (Cette maison était, en 1970, une maison d'été.)

— Faites attention aux abeilles, ai-je dit. En ce moment, elles sont inquiètes. Et assez agressives.

Ça les a fait rire.

C'est un tout petit jardin. Il ne faut guère de temps pour en faire le tour. Elles ont mis un bon moment.

Quand elles sont revenues, elles pouffaient de rire, elles étaient plutôt gaies. Elles avaient sympathisé.

Abeilles et bourdons bourdonnaient, les cloches de l'église de Väster Våla sonnaient, c'était, comme je l'ai dit, un merveilleux jour d'été.

— Une utopie, ai-je pensé. Une utopie devenue réelle. Je l'ai toujours pressenti. Rien ne nous empêche, finalement, de vivre en dehors des règles. Dire que je ne l'ai jamais compris !

Le temps qui suivit fut assez étrange. Nous avons, je crois, beaucoup changé, moi, Anna, mais surtout Margareth.

Je n'avais pas compris que c'était d'une mère qu'elle avait besoin.

(Carnet jaune II : 10)

Tout le monde connaît, sans doute, la sensation désagréable qu'on éprouve dans les gares. On doit prendre congé de quelqu'un. Celui dont on doit prendre congé est déjà monté dans le train, mais le train ne veut pas partir. Et on reste là : l'un est sur le quai, l'autre à la portière, on essaie de se parler et tout à coup on n'a plus un seul mot à se dire.

Cela vient, bien sûr, de ce que tout à coup nous ne sommes pas autorisés à ressentir ce que nous voulons. La situation nous ordonne un sentiment. Et qui ne connaît pas l'énorme soulagement quand, enfin, le train s'ébranle ?

Ou les enterrements ? Quand quelqu'un meurt ou quand quelqu'un tombe malade ou quand arrivent les déceptions, on attend toujours de nous que nous éprouvions des sentiments bien définis.

Dans toutes les situations, excepté les situations les plus ordinaires, les plus neutres, nous sommes soumis à une pression qui nous dit comment nous devons nous comporter, quels sentiments nous devons éprouver. Et si on regarde ça d'un peu plus près, on découvre assez souvent que ce sont des romans, des films ou des pièces de théâtre que nous avons vus ou que nous avons lus un jour qui nous ordonnent ces rôles.

Quand dans la réalité nous sommes confrontés à des

situations inhabituelles (des rivalités, par exemple, auxquelles nous nous étions attendus et qui ne se produisent pas, mais se métamorphosent en un amour qui nous laisse seuls), la première chose à laquelle nous essayons de nous agripper, ce sont ces poncifs sentimentaux et romanesques.

Ils ne nous apportent guère d'appui. Ils nous laissent plus seuls qu'avant et nous chutons tout droit dans la réalité.

(Carnet bleu II : 5)

Il m'a fallu un bon bout de temps, au cours de ce curieux été 1970, pour comprendre comment Anna m'avait été enlevée.

(Et je crois que ce qu'elles m'enlevèrent était ma dernière chance d'atteindre à cette indépendance, à ce regard lucide sur moi et sur mes limites auxquels toute ma vie me destinait, vers lesquels tout me conduisait.

Ce qu'elles ont réussi à empêcher, c'est mon accession à la réalité, la conquête d'une personnalité.)

Je vois la chose ainsi.

Le fait que je sois marié a déclenché une meute de sentiments de culpabilité chez Anna. Des sentiments incompatibles avec le fait qu'elle m'aimait autant que moi je l'aimais. En même temps, toute son éducation, tous ses idéaux lui disaient que les sentiments de culpabilité sont nocifs et qu'il faut les rejeter.

Elle les a transformés en « sympathie » pour Margareth, ces sentiments. Margareth, à son tour, a immédiatement saisi sa chance. Ensemble, ces deux femmes ont fait de moi une espèce de chose irresponsable, un enfant sur lequel on ne doit pas compter.

Elles m'ont parfaitement trompé, car cette triade de

relations maternelles et sororales sécrétait une chaleur, une paix comme je n'en ai jamais connu ni avant, ni après.

Comme la chaleur d'un nid.

(Carnet bleu II : 6)

3

UNE ENFANCE

Depuis que cela a commencé à me faire sérieusement mal, il se passe une chose plutôt étrange.

Ce sont de tout autres âges, de tout autres souvenirs qui deviennent peu à peu importants pour moi.

Mariage, vie professionnelle, mon Dieu ! Cela s'éloigne comme s'il s'agissait d'une bagatelle, d'un bref épisode, tout ce qui, hier, remplissait le monde entier et me retenait parfois éveillé la nuit. Tout cela n'est plus qu'un épisode dans une histoire autrement importante où le seul chapitre vraiment fort, jusqu'à maintenant, est l'enfance.

Je ne comprends pas bien pourquoi. L'enfance est un âge solitaire, concentré sur soi ; peut-être la douleur fait-elle de nouveau de moi un solitaire, concentré sur soi, comme au temps de mon enfance.

S'occuper obsessionnellement d'un secret obscur et dangereux, avoir le sentiment qu'il se passe une sorte de transformation dramatique sans qu'on arrive à savoir ce que c'est réellement, tout cela me rappelle d'une façon perverse le temps d'avant la puberté. Même ce léger sentiment de honte, je le reconnais.

Puisque j'ai brûlé cette sacrée lettre, je me suis en quelque sorte chargé moi-même de toute la chose. Il va falloir que je me batte seul. Et j'aurai ma propre mort.

Pourtant, je n'y crois pas. Il est très possible que tout

ait le temps de changer d'ici avril. Si c'est du gravier dans les reins, ça partira tôt ou tard. Si c'est une inflammation, elle peut très bien se calmer quand il fera plus chaud et plus beau.

Je me sens beaucoup trop en vie pour être, comme ça, un moribond. Je m'imagine le fait de mourir comme quelque chose de beaucoup plus ouaté, plus épuisé.

Un moribond ne fait pas de longues promenades avec son chien entre deux crises.

A moins que, peut-être, je sois en train d'inventer une nouvelle façon de mourir.

Pour comble de malheur, pour la première fois depuis des mois, le monde extérieur commence à se manifester.

Le menuisier Söderkvist, président de la commission des impôts, a téléphoné, très gentiment d'ailleurs, très attentionné, il voulait me rappeler que je pouvais avoir une amende si je n'envoyais pas ma déclaration d'impôts. Mes cousins Manngård veulent s'arrêter en allant à Sälen pour Pâques, ils aimeraient passer la nuit ici et voir « comment je vais ».

Ce sera peut-être difficile.

J'ai répondu à Söderkvist que je ne me sentais pas très bien en ce moment. Il a promis de venir m'aider un de ces soirs.

Comme il me le disait au téléphone, ce ne sera pas une déclaration très compliquée. On l'aura sûrement terminée en moins d'une heure.

« Pour comble de malheur » — voilà le genre d'expressions qui me replongent immédiatement dans mon enfance. Elle en fourmillait.

« Pour comble de malheur », ça veut évidemment dire que quelque chose a encore été ajouté au malheur. Un tel trop-plein de malheur que tout est sur le point de déborder.

POUR COMBLE DE MALHEUR — c'est une de ces choses que ma mère disait toujours.

Ma tante Svea se serait exprimée tout autrement.

C'EST À SE JETER PAR LA FENÊTRE.

C'EST LE BOUQUET (papa).

C'EST UN PEU FORT DE CAFÉ (mon oncle Stig).

BON SANG DE BON DIEU.

BON DIEU DE MERDE.

HORREUR ET PUTRÉFACTION.

FAUT PAS POUSSER GRAND-MÈRE DANS LES ORTIES.

Je les revois, c'est l'été, nous sommes à la campagne, c'est l'heure du petit déjeuner, je les revois volontiers en compagnie de quelques parents importuns ARRIVÉS LÀ SANS CRIER GARE. L'oncle Knutte, légèrement chauve avec des bajoues qui retombent un peu, toujours en sueur à l'heure du déjeuner, comme s'il ne le supportait pas. L'oncle Stig, une barbe courte et carrée, des lunettes cerclées d'or, il ne parle que d'alliages de métaux et des derniers succès de la technologie russe dans la guerre de Corée. De ces cuirasses qui résistent aux fusées américaines en dépit de leur faible épaisseur. La possibilité d'exploiter la chaleur de l'intérieur de la terre quand les sources d'énergie fossiles vont commencer à tarir. Tante Svea, grande, des joues rouges, des mains rêches comme du papier de verre quand elle vous caresse la joue, de fantastiques histoires de tambouilles de restaurants au moment des restrictions, les corps bleus et maigres de renards auxquels on a coupé les pattes et qu'on livre en catimini à l'entrée des cuisines à sept heures du matin, le hachis Parmentier qui entre et sort de la salle à manger tandis que lentement une épaisse couche grise de graisse se cristallise à la surface, le marchand de bois complètement soûl qui laisse tomber une de ses bretelles dans les WC et qui la pose avec soin sur son élégante chemise en nylon achetée au marché noir — parce qu'il ne s'est aperçu de rien — et qu'il faut ensuite discrètement reconduire chez lui en taxi.

Tante Clara, — non, elle n'est déjà plus là. Ma grand-mère Emma, elle, elle n'était jamais là, elle ne faisait pas parti du clan, elle n'était même pas une vraie grand-mère, mais rien qu'une grand-mère adoptive, morte quand j'avais trois ans. Je ne la connais que par ouï-dire. (Comment se fait-il, mon Dieu, que je pense à elle — il se passe de ces choses dans ma mémoire, de ces choses étranges que je ne croyais pas possibles. Je commence à entrevoir que des choses auxquelles je ne croyais pas peuvent exister. Depuis deux ou trois jours, un souvenir m'obsède, un souvenir qui doit remonter au temps d'avant le jour anniversaire de mes trois ans ; je me promène avec grand-mère Emma dans le parc municipal de Västerås, sous d'immenses arbres verts, elle me tient par la main, les ombres des feuilles bougent comme un tourbillon, oui, on dirait exactement qu'il y a par terre un tourbillon. Et que tout cela se passe si tôt dans mon enfance ressort du simple fait que les bancs du parc sont d'une hauteur fantastique.)

— J'en connais un autre qui a dû se débrouiller tout seul les trois quarts du temps, dit alors l'oncle Knutte, et le reste de la conversation disparaît dans le bruit que fait quelqu'un en essayant de casser un œuf particulièrement dur contre le rebord de la table.

UN AUTRE.

C'est une des façons les plus curieuses, les plus bizarres de la langue suédoise pour dire « moi ». C'est bien sûr nettement trivial, mais l'aspect philosophique est naturellement bien plus intéressant que le côté trivial. UN AUTRE — c'est un escrimeur qui s'esquive à la dernière minute et laisse l'épée de l'adversaire transpercer le vide là où tout à l'heure il y avait quelqu'un.

Je ne peux m'imaginer une langue plus étrange, plus fantomatique que celle où il est possible de parler de soi comme si on était un autre.

J'EN CONNAIS UN AUTRE QUI A DÛ SE DÉBROUILLER TOUT SEUL LES TROIS QUARTS DU TEMPS.

Cela signifie : vous n'avez pas fait grand-chose pour moi et vous avez, en fait, une large part de responsabilité dans mes problèmes, il n'est pas sûr du tout qu'ils auraient existé sans vous. C'est pourquoi vous avez aussi une assez grande DETTE DE RECONNAISSANCE à mon égard.

— ON N'EST JAMAIS SI BIEN SERVI QUE PAR

SOI-MÊME (tonne l'oncle Stig à l'autre bout de la table).

Cela signifie : c'est ta faute si tu es un tantinet alcoolique.

POUR COMBLE DE MALHEUR.

C'est curieux, j'ai beau tourner et retourner mes souvenirs concernant toutes les conversations entendues pendant mon enfance, impossible de m'en rappeler une seule où les participants n'aient pas tous passé leur temps à jouer sur des sentiments de culpabilité plus ou moins subtils les uns par rapport aux autres. Pendant leurs rencontres, ces sentiments de culpabilité représentaient un peu ce qu'est une balle dans une partie de tennis.

Sans eux, ils seraient restés raides à se regarder en chiens de faïence. Il n'y aurait pas eu de moteur, pas de motivation.

Le sentiment de culpabilité était le ressort, la réplique, le petit déclic qui déclenchait tout.

Ces sentiments de culpabilité embrassaient un formidable registre, grand comme un orgue d'église, depuis

VEUX-TU ME PASSER LE SEL, S'IL TE PLAÎT,

dans le registre le plus haut en passant par

CE SERAIT TRÈS GENTIL DE TA PART SI TU VOULAIS BIEN LAISSER UN PEU DE SUCRE,

quelque part entre le salicional et la diaule, jusqu'aux profondeurs de basses de trente-deux pieds, du genre :

ET MOI QUI AI TOUT SACRIFIÉ POUR TOI

ou

SI ON NE T'AVAIT PAS EU, ON AURAIT DIVORCÉ DÈS LA PREMIÈRE ANNÉE.

Ces dernières voix extrêmement profondes n'étaient naturellement destinées qu'aux effets très spéciaux. Une musique pour grandes fêtes religieuses, pourrait-on dire.

Quels étranges fugues, toccatas, ricercares et passacailles ne pouvaient-ils pas jouer sur cet orgue de culpabilité, quels abîmes de médiocre angoisse, quel infâme lavage de linge sale ne pouvaient-ils pas faire ? Ils n'avaient qu'à parcourir le clavier une seule fois et quand ils étaient arrivés au bout, il y en avait toujours un qui gigotait dans la toile d'araignée :

PARCE QUE PAPA M'A TOUJOURS PRÉFÉRÉ À MES FRÈRES ET SŒURS.

STIG A TOUJOURS ÉTÉ LE CHOUCHOU DE MAMAN, C'EST UN BRAVE PETIT, DISAIT-ELLE.

Ils n'avaient pas des vies faciles derrière eux, pas non plus des vies très dramatiques et absolument pas de destinées tragiques (cela se passait pendant les années quarante où quelques véritables tragédies se déroulaient dans le monde ; il faut garder le sens des proportions), mais bon sang de bonsoir, rien n'avait pu leur arriver dont ils ne pussent d'une façon ou d'une autre imputer la responsabilité aux autres. Et cela leur donnait une merveilleuse possibilité de se provoquer et de pousser les autres là où ils voulaient.

En Suède, les couches inférieures de la petite bourgeoisie vivent de culpabilité et de mépris de soi, elles n'ont qu'une forme de rhétorique et c'est la plainte

DÉLIVRE MAINTENANT TON HUMANITÉ QUI SOUFFRE

MAIS MOI D'ABORD QUI AI LE PLUS SOUFFERT.

Il suffit de prendre l'autorail sur quelques kilomètres pour comprendre la situation. S'ils ne peuvent se plaindre de rien d'autre, ils se plaignent de leurs sacrées maladies, de leurs genoux qui leur font si mal, de leurs calculs biliaires et de leurs ulcères, des inflammations de leurs veines, de leur hoquet et de leurs régurgitations amères, de leurs diarrhées ou de leurs crottes dures comme des pierres qui résonnent au fond de leur pot de chambre.

Et pendant tout ce temps ils s'imaginent *que quelqu'un s'occupe d'eux*, rien que parce qu'ils se plaignent.

BANDE D'IDIOTS.

En ce moment, par exemple, je sens une douleur, elle bat comme bat un pouls, dans quelques minutes elle va m'empêcher de terminer ce que je suis en train d'écrire. Elle part assez bas dans la cuisse droite, on dirait que du métal en fusion ou quelque chose de ressemblant s'est infiltré dans les muscles, on pourrait peut-être dire un fil d'or. Elle remonte ensuite vers l'aine droite, elle envoie tout un faisceau de fils d'or chauffés à blanc jusqu'au nombril et vers la hanche et la partie postérieure de la jambe, un éventail de sourds échos de cet or brillant remonte vers le diaphragme. Si je m'allonge, cela me fait doublement mal, si je reste assis la douleur se prolonge vers le dos, elle n'a pas tout le temps la même intensité, les fréquences, les amplitudes de cet or brillant et chauffé à blanc changent tout le temps, cela crée des accords, des accords même très jolis jusqu'au moment où, si l'on veut, ils se nouent et deviennent perçants.

Bon sang, je ne *reproche* ça à personne. A *personne !*

Ça va beaucoup mieux depuis trois jours. Un peu endolori. C'est tout.

C'est amusant, hier j'ai eu deux amis. Cela ne m'était pas arrivé depuis longtemps.

L'un s'appelle Uffe et l'autre Jonny. Uffe a douze ans, Jonny en aura aussi bientôt douze.

Uffe vient de Skinnskatteberg et Jonny de Borgå en Finlande. Quand je suis sorti pour chercher le courrier, ils étaient tous les deux là, devant ma porte, presque identiques avec leurs vestes bleues matelassées et leurs taches de rousseur et leurs cheveux comme des crinières de petits chevaux des Ardennes.

Je crois qu'ils habitent dans les logements pour ouvriers forestiers à Sörby : leurs parents ont emménagé cet automne. Ils vont à l'école de Trummelsberg, mais ils ne savent évidemment pas que j'y ai enseigné.

Ils étaient partis à l'aventure, après l'école, c'est ce que j'espère, mais il n'est pas non plus impossible qu'avec ce beau temps, ils aient tout simplement fait l'école buissonnière et qu'ils aient voulu boire ensuite un peu d'eau parce qu'ils avaient soif.

Je soupçonne aussi que seule la curiosité les a incités à frapper à ma porte. Ils voulaient savoir qui c'était ce vieux bonhomme bizarre qui habite là-bas dans cette maison avec tous ces buissons et ces longues rangées de ruches. Je leur ai dit :

— Entrez.

Ils étaient plutôt intimidés. Je leur ai un peu parlé des abeilles, mais ça n'a pas semblé les intéresser particulièrement.

Ensuite nous avons parlé un moment de leurs parents : leurs pères ont dû être engagés pour les grands chantiers d'abattage qui vont commencer.

Ils n'avaient pas grand-chose à dire de l'école ; ah si ! la cantine est ici plus agréable que dans leurs écoles précédentes, parce que les plateaux ne sont pas en métal et ne font pas un bruit infernal.

Il y en a un qui veut apprendre à jouer au hockey sur glace et l'autre qui s'intéresse au basket.

Ils se sont peu à peu dégelés à la chaleur de mon radiateur électrique et ils ont commencé à jouer prudemment avec le chien. Les chaussettes de Jonny étaient trempées, sans doute avait-il un trou à ses bottes (je n'arrive d'ailleurs pas à comprendre comment il se balade, en cette saison, avec des bottes en caoutchouc), je lui ai proposé de lui prêter une paire de vieilles socquettes. Après quelque hésitation, il a accepté et il a ouvert son cartable pour y mettre ses chaussettes humides (que j'avais enveloppées dans du papier journal).

C'est comme ça que je me suis aperçu qu'il avait avec lui une quantité énorme de magazines de bandes dessinées, assez abîmés à force d'être lus. J'ai demandé à voir : la grosseur du tas était surprenante pour un si petit cartable et tous ces magazines étaient de la pire espèce des magazines d'horreur : *L'homme au tombeau*, *Le roi Fu*, *Les frissons de glace*, *Les quatre fantastiques* et tout ce qu'on peut imaginer.

Nous les avons feuilletés ensemble. C'était tout à fait intéressant.

— Pourquoi lisez-vous ces choses-là ?

Ça, ils n'ont pas pu l'expliquer.

Je crois que je pourrais presque le faire. C'est la peur vague, bourdonnante, de la prépuberté qui a besoin de se densifier. Elle cherche des noyaux de cristallisation. On pourrait appeler ça l'âge de la peur. Et nous voilà donc, tandis que l'horloge fait son tic-tac, en train de discuter de revenants, de cadavres conservés dans les marais danois et de la possible existence d'horribles monstres sur des planètes étrangères, jusqu'au moment où le chien a commencé à hurler parce qu'il avait besoin de sortir pisser, j'ai alors compris que j'avais sauté l'heure du dîner.

Ils étaient, je crois, très heureux. Avant de partir, ils ont promis de revenir bientôt. Moi, j'ai promis de leur concocter pour ce jour-là une terrifiante histoire bien meilleure que tout ce que ces misérables magazines pouvaient produire.

Ces petits m'ont en quelque sorte ragaillardi. Ils me faisaient penser à moi quand j'avais leur âge. De plus, j'ai commencé à me demander si ma décision de renoncer à mon métier de professeur n'avait pas été prise à la légère. Mais primo, ce n'était pas drôle de se lever tous les matins en hiver et d'essayer de faire démarrer la voiture à six heures, secundo, il est maintenant un peu tard pour penser à ça.

(Carnet jaune III : 1-4)

LES GRANDES ORGUES DE L'ILE D'OG

Résumé : Sur le continent, près de Tinth, la confrérie a envoyé Dick Roger avec un bateau aux îles du Brouillard. Ces îles sont depuis un an environ occupées par le méchant roi sorcier Ming. Tout le monde croyait que le méchant roi Ming avait péri dans les flammes quand, à la fin du chapitre précédent, sa tour noire s'était effondrée dans un trou qu'il avait fabriqué lui-même dans l'univers. Maintenant, les navires ont disparu dans le détroit de Tinth. Un brouillard noir, surnaturel, enveloppe les îles. La confrérie redoute que la belle Diana Din, nièce du Grand Maître, ne soit prisonnière dans l'île car elle vient d'être enlevée par quelques hommes terrifiants vêtus de noir et masqués de cuir.

Sur une des îles les plus éloignées, Dick Roger découvre deux marins finlandais. Ils vivent dans la terreur. Par calme plat, leur navire a été enlevé dans l'air par un étrange cyclone. Dick Roger leur donne à manger. Il leur donne aussi des chaussettes sèches. Les marins lui racontent des choses horribles.

Ming a investi toutes les îles, avec l'aide de ses alliés, sortes d'êtres inhumains. Tous les réfugiés rapportent qu'ils sont invincibles et que leurs forces sont surhumaines. Ce sont probablement des genres de démons. Les îles elles-mêmes sont enveloppées d'un brouillard magique.

Il est probable que Ming retient Diana Din prisonnière dans ses salles souterraines où il met au point sa dernière et effarante invention : des orgues gigantesques qui avec leurs notes bizarres, de haute fréquence, ont le pouvoir d'influer sur l'esprit des gens et surtout de leur provoquer des douleurs de haute fréquence et cela même à très grande distance.

Dans une petite maison sur un îlot tout près de la côte, Dick Roger et ses compagnons trouvent un étrange vieillard à barbe blanche : Sigismond. Il prétend qu'il dispose d'un remède absolu contre les effets des orgues géantes.

Ce remède est lié à un serpent magique que le vieillard s'obstine à transporter avec lui dans une cruche.

Après une terrible tempête, les voyageurs abordent la côte enveloppée de brouillard de l'île d'Og.

La matinée devait être déjà avancée, mais malgré cela, il faisait presque tout à fait noir. Entre les voiles de brouillard qui se déplaçaient sans cesse, inquiets, comme des êtres vivants, ils entrevirent de hautes falaises noires. Un défilé ininterrompu de nuages bas et rapides passait au-dessus d'elles — on dirait une armée, pensa Dick, une armée d'âmes en peine.

Le ressac diminuait. La tempête qui avait fait rage toute la nuit devenait lentement une houle.

Il jeta un regard en arrière. Les marins fatigués, en vestes de cuir tanné déchirées et trouées, mettaient à l'abri vivres et voiles du navire, des voiles qui ne semblaient pas devoir résister encore longtemps.

Le seul à donner une impression de parfaite sérénité était le vieillard Sigismond. Il s'était assis avec sa cruche et son tapis sur un espace de sable sec, au pied de la muraille escarpée et noire des falaises. Il ne paraissait pas plus troublé par l'endroit, l'heure et la situation que s'il était en train de faire une belle promenade dominicale.

En cet instant, il extrayait, d'un des plis intérieurs du vêtement troué et pareil à une houppelande qu'il portait, une belle flûte d'argent. Avec beaucoup de soin, il frotta la flûte contre sa manche jusqu'à ce qu'elle brille d'une étrange lumière, même dans cet insolite crépuscule de novembre.

Il semblait qu'il avait ouvert le couvercle de la cruche. C'était miracle si, au cours du violent abordage, elle ne s'était pas brisée. Il porta la flûte à ses lèvres. Une mélodie bizarre et plaintive retentit à travers le souffle du vent.

Il joue pour le serpent, pensa Dick.

Les deux marins finlandais — oui, juste avant leur abordage inopiné, ils avaient raconté qu'ils étaient en réalité des marins finlandais demeurés dans cette partie du monde après un naufrage quelques années auparavant —, ramassaient du bois mort rejeté sur la plage, afin d'allumer un feu.

— Je me demande si c'est prudent, remarqua Dick en désignant le tas de bois. Il se peut très bien que quelqu'un le voie à travers ce brouillard.

Pensifs, les marins finlandais hochèrent la tête. Maintenant, la tête du serpent apparaissait au-dessus du rebord de la cruche. Elle se balançait.

— Le serpent danse, dit Dick, en s'adressant plus à lui-même qu'aux autres. Ma foi, oui, il danse !

Au même moment, il ressentit une douleur perçante, aiguë comme une aiguille. Elle partait d'un point près de l'aine droite. Il jeta un rapide regard autour de lui. A droite comme à gauche, il distinguait les autres qui se tordaient aussi de douleur. Un des marins finlandais se roulait par terre comme s'il avait des convulsions. Le seul être à paraître parfaitement indifférent était l'étrange serpent dans sa cruche.

Les douleurs étaient pires que ce à quoi il s'était attendu. Il n'existe qu'une possibilité, remarqua Dick, en mobilisant toutes ses forces pour pouvoir parler. Les horribles orgues ont été terminées au moins quinze jours plus tôt que nous ne nous y attendions.

Il faut absolument que nous découvrions le lieu d'origine de ces vibrations !

(Carnet bleu III : 1)

« Des tumeurs malignes se développent lorsque, pour une raison ou une autre, une cellule, un groupe de cellules ou un tissu s'isolent de l'ensemble et s'organisent en un corps indépendant vivant en parasite sur le reste de l'organisme. Morphologiquement, ces tumeurs obéissent à une structure irrégulière et anarchique, rappelant le tissu embryonnaire, et leurs cellules ont une construction qui s'écarte de la normale, avec un aspect désordonné, très hétérogène. Une tumeur maligne grossit très vite et indépendamment du reste de l'organisme. Au cours de son développement, le tissu normal est détruit par la pression qu'exerce l'accroissement expansif, mais aussi et surtout par altération directe. La tumeur pénètre dans le système lacunaire, les vaisseaux lymphatiques et sanguins, par des excroissances microscopiques et en lâchant dans ces mêmes veines des cellules isolées ou des particules qui vont s'attacher dans quelque organe plus éloigné afin d'y organiser de nouvelles tumeurs porteuses d'identiques qualités destructrices que la tumeur mère. »

(Carnet bleu : recopié d'après un ouvrage non identifié. III : 16)

Après ce qui s'est passé hier, je comprends que jusqu'à présent je n'ai pas pris tout à fait au sérieux les douleurs. Je n'ai fait que jouer avec elles. On pourrait presque dire que je les ai laissées donner un nouveau contenu à ma vie — ainsi l'alternance entre les jours où ça ne faisait pas mal et les jours où ça faisait mal a eu un côté dramatique.

Chaque matin au réveil, il y avait quelque chose à espérer et chaque soir au coucher, c'était toujours aussi passionnant de se demander si la nuit allait être avec ou sans douleurs. Parfois deux, trois et même quatre jours entiers passaient sans que j'éprouve rien en provenance de cet endroit bizarre près de l'aine droite.

La douleur rendait dramatique le fait que j'ai un corps, non, le fait que je *suis* un corps et de ce fait : je suis un corps, je puise une curieuse consolation, presque une assurance, la même à peu de chose près que celle que peut trouver une personne seule dans la présence d'un animal domestique.

Très problématique, cet animal domestique, vers le matin surtout, il ressemblait plutôt à une bête sauvage, mais elle était malgré tout à *moi*, de même que c'était *ma* douleur et pas celle d'un autre.

N'empêche que je commence à me demander dans

quoi je me suis engagé en brûlant, par exemple, sans l'ouvrir, cette lettre du laboratoire de l'hôpital.

Ce que j'ai éprouvé à la fin de la nuit et aux premières heures du matin, c'est simple : *je croyais que ça n'existait pas*. C'est quelque chose d'absolument étranger, chauffé à blanc, quelque chose d'absolument écrasant. J'essaie de respirer très lentement, mais tant que ça dure, même la respiration qui doit pour le moins m'aider d'une façon très abstraite à faire la différence entre la douleur-sensation et la panique, devient un effort presque insurmontable.

Ça n'a plus rien de l'animal domestique. Une force terrible, une force inouïe, chauffée à blanc, impersonnelle, enfonce ses griffes dans mon système nerveux et l'occupe jusqu'à l'ultime molécule, elle essaie de faire éclater chacun de mes nerfs en un nuage de gaz chauffé à blanc, comme dans — dans la couronne solaire (toute la nuit, j'ai pensé aux pulsations des protubérances qui éclatent en cascade sur la surface du soleil).

Et je comprends que j'ai plaisanté avec tout ça. Je ne l'ai pas pris davantage au sérieux qu'autre chose.

Mais ça vient du dehors ! Mon Dieu, d'où est-ce que ça vient ? Et quelles forces inouïes et mystérieuses un pauvre système nerveux n'est-il pas en mesure d'engendrer. Des forces uniquement dirigées contre moi. Moi, parmi tous !

Ça va un peu mieux maintenant. Depuis deux ou trois heures, ça va vraiment un peu mieux. Mais je suis toujours couvert de sueur froide et quand j'essaie d'écrire, la plume tremble dans ma main.

J'espère, non, je suis certain que ça ne reviendra jamais. C'était sûrement quelque chose qui se cassait. Quelque chose qui s'est cassé de façon tellement définitive que ça ne pourra jamais plus faire mal.

Ça ne reviendra peut-être que dans quelques heures ?

Ce à quoi j'assiste en ce moment, c'est à une pure décomposition, la confusion totale.

Jusqu'ici, je n'avais jamais vraiment compris que seule la possibilité d'un avenir nous permet de nous considérer comme quelque chose d'uni et de bien ordonné, comme un moi humain. L'idée du moi est entièrement fondée sur la certitude que demain ce moi existera encore.

Cette douleur chauffée à blanc n'est bien sûr que la mesure exacte des forces qui maintiennent ce corps. Elle est la mesure exacte de la force qui a permis mon existence. En fait, la vie et la mort sont des choses INOUÏES.

(Carnet jaune III : 23)

« Asta Bolin estimait ne pas avoir de réponse à la question : la douleur a-t-elle un sens ? mais c'est cette question qui donnait son titre à sa conférence.

La conférencière avait pourtant beaucoup de bonnes paroles à prodiguer, paroles de consolation, paroles pleines de bon sens.

Elle a raconté qu'à la suite d'un deuil cruel, un de ses amis avait éprouvé le sentiment que rien n'avait de sens. Elle lui avait alors dit ces mots qui lui furent d'un réel secours : “Tout finit par avoir le sens que nous lui donnons.”

Bien qu'Asta Bolin n'ait pas voulu donner à ces mots une quelconque valeur de vérité philosophique, ils exprimaient néanmoins quelque chose d'essentiel : face à sa souffrance il est possible d'être actif, on peut toujours tenter de travailler sur elle. »

(Carnet jaune : coupure du Journal de Västmanland *du 10 mars. III : 26)*

Terres basses. Marécages. Une eau lente, paresseuse, s'étalant en un réseau de petits canaux. Des oiseaux qui s'élèvent brusquement, en une seule nuée, quand on approche. Un vent faible moire une eau brune, profonde. Nuages.

J'ai passé une grande partie des étés de mon enfance au sud de la forêt, près de Ramnäs.

Curieux, mais chaque fois que j'ai besoin de consolation, pas d'une consolation passagère, légère, mais d'une consolation profonde, une de ces consolations qui vous disent que rien n'ira mieux, mais qu'il faut se sentir consolé quand même — alors je repense à ce pays.

Ce pays qui n'est qu'un bruit d'eau ruisselante, presque partout. Depuis les noirs tourbillons près de l'écluse de Färmansbo, jusqu'aux marais, près de Södra Nadden, étrangement mélancoliques et si riches d'oiseaux.

Les bancs de poissons immobiles dans une eau peu profonde et qui disparaissent avec la rapidité de l'éclair quand une ombre tombe sur eux.

Mon père et moi, nous avons failli nous noyer dans la rivière de Kolbäck, quelque part entre les lacs, un jour de novembre 1943, alors que nous tentions de la traverser en barque pour aller acheter du beurre chez un paysan. C'était une de ces vieilles barques brunes à fond plat qu'utilisent les paysans — mais seulement au sud d'Åmänningen, plus loin, les barques deviennent davantage pointues — et dont le fond est glissant à cause des algues qui y poussent — on peut s'y casser le cou si on ne fait pas attention quand on y descend — en plus, elles prennent terriblement l'eau.

La barque que nous avions empruntée prenait énormément l'eau, bien plus que nous ne nous y attendions et nous avons dû tout le temps nous relayer pour écoper, comme des fous, avec nos bras qui nous faisaient mal, avant d'échouer, à la dernière seconde, sur un banc de vase, de l'autre côté. L'eau était glaciale et mes mains étaient bleues.

Même si j'étais tout petit à l'époque, je crois avoir vu dans cet écopage une image de la vie.

Le marché noir a joué un très grand rôle dans notre vie quand j'étais gosse. J'ai l'impression que nous étions toujours en route pour des expéditions nocturnes destinées à des achats de beurre sans tickets ou à récupérer des morceaux de viande d'élan.

Depuis trois jours, le courant de douleur s'est atténué. C'est comme si la douleur était passée par quelque terrible cascade et que nous nous trouvions une nouvelle fois dans les remous, les lents tourbillons noirs de l'autre côté. Hier, je suis de nouveau sorti pour une petite promenade. Je n'ai pas osé prendre la voiture, car je me sens un peu las, mais comme Sundblad est venu pour les quelques jours de congé de février et comme il sait que je ne me sens pas très bien, il m'a fait tous les jours quelques commissions. Je me demande quelquefois comment ça va aller quand les Sundblad seront repartis. Je serai sans doute de nouveau sur pied. Au fond de moi, je sens que je viens de traverser une espèce de crise : en ce moment, je me sens endolori, c'est tout. Je me persuade, à tort ou à raison, que c'était quelque chose comme un abcès qui devait crever et qui a crevé ; maintenant qu'il a crevé, je dois automatiquement commencer à guérir. J'espère que c'est vrai.

N'importe comment, cela a dû épuiser mes forces. Ce qui s'est passé la semaine dernière. Ce qui a bien pu se passer. Je me suis demandé toute la matinée si je devais sortir l'échelle pour monter chercher au grenier quelques cadres pour les ruches, des cadres qui ont bien besoin d'être passés au papier de verre et repeints. Ça m'occuperait : écrire me déprime encore plus, c'est tout. Après y avoir réfléchi la moitié de la matinée, je suis arrivé à cette conclusion : je n'en ai pas la force.

Peut-être demain.

Les nuages étaient toujours très bas sur ces terres marécageuses et ils se reflétaient dans l'eau des canaux.

Parfois, pendant l'été — surtout les étés des années quarante —, j'avais l'impression de marcher sous un plafond. Comme si j'étais entré dans une sorte de piège compliqué.

En ce temps-là — dans les années quarante —, il y avait encore de ces vastes cuisines paysannes avec d'immenses cheminées passées à la chaux. A l'occasion de chaque fête, on leur passait une nouvelle couche de chaux et au fil des années, elles ont dû s'épaissir de toutes ces couches successives.

Ce doit être devant une de ces énormes cheminées blanches et chaudes que s'est terminée, ce jour-là, notre aventure à mon père et à moi. Je me souviens encore du goût transparent, un goût comme de brûlé, de ce café qu'on vous offrait, en général, à cette époque.

Mon oncle Sune avait une boutique au sommet d'une de ces côtes abruptes, sur la rive ouest de l'Åmänningen, où passait, en ce temps-là, une vieille route de gravier reliant Fagersta à Virsbo.

Une maison verte avec devant une pompe à essence, vous savez, une de ces extraordinaires grandes pompes rouges qui avaient une bulle de verre en haut où l'on voyait l'essence jaune faire tourner une sorte de vis. Pendant les années quarante, il n'y avait évidemment pas d'essence dans la pompe, mais elle était quand même très chic. Mon oncle habitait au premier étage avec sa femme, Ruth. Ruth était incroyablement grasse et on ne la voyait jamais dehors ; je crois même qu'elle avait des difficultés pour descendre l'escalier jusqu'à la boutique où elle trônait, ordinairement, parée d'un énorme tablier de charcutier avec quelques taches de sang sur son ventre rond.

Tout était brun à l'intérieur de la boutique, des murs bruns, un comptoir brun, une ficelle brune sortait de ce comptoir brun par un trou. Quelqu'un avait dû le faire avec un ciseau. Cela se passait bien avant l'époque des sacs en plastique. Un étalage de charcuterie où quelques tranches de foie vertes flottaient dans un jus organique indéfinissable. Une petite arrière-boutique où l'oncle Sune, ses lunettes cerclées d'acier remontées sur le front, comptait des tickets pendant la moitié de la nuit, dans la cour une remise où du pétrole, des objets métalliques, quelques pneus de bicyclette, strictement rationnés, et d'autres menus objets étaient déposés.

Oncle Sune fumait tout le temps des petits cigarillos bruns et comme il avait une moustache à peu près du même modèle que celles de Nietzsche ou de Staline, on était toujours un peu inquiet qu'elle ne s'enflamme quand lentement le mégot s'y enfonçait comme une mèche à l'ancienne.

Peut-être avait-il quelques ressemblances avec Nietzsche. Il était individualiste. Ne se laissait pas impressionner. Durant les conversations sur la guerre en cours, conversations qui se déroulaient devant son comptoir tandis que toujours poursuivi il courait de tous côtés, son mégot au coin des lèvres, un crayon derrière chaque oreille et une paire de ciseaux attachés à sa ceinture par une ficelle pour découper les tickets, il enlevait une seconde son mégot pour cracher :

— Tout ça, c'est la même merde !

Tout ça, c'est la même merde, c'était quasiment pour lui comme un mot d'ordre, une réplique qu'il retrouvait à chaque occasion un peu dramatique.

Dans une des remises de la cour derrière cette maison en haut de la côte de graviers, il avait un camion, un Volvo avec un gazogène accroché à l'arrière. Parfois ça marchait et parfois pas. Il fallait des heures pour débiter le bois nécessaire, de petits bouts de bois d'une forme spéciale qu'on taillait dans des rondins débités à la scie. C'était toute une histoire pour allumer la chaudière, une vraie leçon de patience avant que le gaz ne se mette à affluer comme il le fallait dans les divers tuyaux et creux de l'extraordinaire marmite accrochée derrière la cabine du conducteur. Parfois, ça se mettait à brûler pour de bon et il fallait alors s'arrêter au plus vite auprès du lac le plus proche — dieu merci, il y en avait beaucoup — pour tout arroser d'eau. Et un goudron marron engluait les cylindres du moteur.

Mais pour se procurer de la farine, du sucre, des pots de lait et d'extraordinaires choses en provenance de Västerås et de Kolbäck et qu'on transportait la nuit dans le plus grand secret, il avait besoin de ce camion.

Il s'occupait d'un peu tout, l'oncle Sune. Il a d'ailleurs continué jusqu'au milieu des années soixante, mais il s'était alors reconverti depuis longtemps dans le bâtiment, bien sûr, et il s'employait à obtenir des prêts de l'Etat pour des immeubles locatifs qu'on élevait sur d'immenses champs, à Hallstatammar et à Virsbo, et qu'on louait à des ouvriers finlandais pour des loyers exorbitants ; ça poussait comme des champignons dans l'argile humide du Västmanland. Mais c'est une tout autre histoire. Il avait alors déjà eu le temps d'emménager dans une villa de dix-huit pièces avec toit de cuivre et piscine à Västerås et il était devenu promoteur.

Maintenant, je parle des années quarante.

Pendant l'été quarante, Sune a mis la main sur trois grands fûts d'essence de première qualité. Il les avait reçus de Norvège et de tous les endroits imaginables, comment les avait-il reçus, ça je n'en sais trop rien, mais sans doute les avait-il échangés contre autre chose.

Le moteur du camion était trop abîmé pour que ça vaille la peine de le remettre à l'essence, mais il avait sa vieille Plymouth d'avant-guerre qui était sur des cales dans la remise d'une ferme voisine depuis deux pleines années.

Il l'a ramenée avec deux chevaux et il lui a fallu tout un samedi et un dimanche pour remettre ça en état. Le moteur ronronnait comme un chat avec cette coûteuse essence de l'aviation allemande, cette essence qui avait par quelque mystérieuse façon passé la frontière norvégienne, là où à l'époque même les réfugiés ne pouvaient pas passer.

Il lui était évidemment impossible de rouler comme ça avec de l'essence. On aurait eu tôt fait de le coffrer. Les voisins étaient déjà assez jaloux et assez mauvais sans cela.

Et pourtant, ils achetaient presque tous à crédit pendant des mois. Sans parler de toutes les fois où il fermait les yeux sur leur pagaille concernant ces précieux tickets. Tous des salauds et des ingrats qui passaient leur temps à le calomnier. Tout ça, c'est la même merde !

Dans un garage près de Sörstafors, il a trouvé un gazogène pour voiture de tourisme du type petit wagonnet que l'on accroche derrière la voiture à laquelle il est réuni par un système compliqué de tuyaux, de fils, de haubans et de boules. Un gazogène complètement rouillé et partiellement ravagé par le feu, mais possédant encore une qualité : il roulait sur ses deux roues.

L'oncle Sune l'a acheté pour cinq couronnes au prix de la ferraille, il l'a ramené sur son camion et il a passé tout un samedi-dimanche à peindre le monstre en couleur argentée. Tant qu'on n'allait pas voir sous la peinture, il avait l'air fantastique.

Avec son essence, la voiture marchait avec une régularité d'horloge et le gazogène suivait tant bien que mal. Bien sûr, ça diminuait légèrement la vitesse, mais à part ça c'était exactement comme de conduire une voiture avant la guerre.

L'oncle Sune fit le tour de la moitié du Västmanland, il jouissait formidablement de la nouvelle liberté de mouvement que cela lui procurait, il emmenait sa grosse femme au cinéma à Västerås et trouvait que, sur un plan général, la vie s'arrangeait. C'était d'ailleurs une époque où les affaires marchaient très, très bien.

La vieille route entre Virsbo et Fagersta n'était pas merveilleuse. Une autoroute passe aujourd'hui dans la cour de l'oncle Sune, il ne reste plus rien de sa boutique verte et la seule chose qui rappelle le lieu est un vieux frêne, très beau, qui a miraculeusement survécu aux tracteurs et aux mines et qui se penche au-dessus de la chaussée droite.

Je repense à ce temps chaque fois que je passe là en voiture. Au printemps, le frêne se couvre encore de feuilles.

Ce sont des arbres vigoureux, les frênes.

La vieille route, après les transports de bois de l'hiver, avait d'extraordinaires fondrières. Parfois, au début du printemps, des pans entiers du bord gauche de la route (je revois le paysage du nord vers le sud, mais je suis surtout habitué à arriver par l'autre côté) s'écroulaient dans le lac et les jolis bâtons rouges des Ponts-et-Chaussées faisaient savoir qu'ici, il fallait être prudent. Les côtes étaient incroyables, la plus longue faisait certainement cinq kilomètres, un rêve pour le cycliste qui venait du nord, un cauchemar pour celui qui venait du sud.

La nouvelle route est presque entièrement plate. Elle traverse les immenses collines qui forment le contrefort de Landsberget, on a creusé la montagne à coups de dynamite, et les vieux marais tout autour de Södra Nadden, avec leurs canaux moirés par le vent, leurs canards sauvages et leurs mystérieux labyrinthes d'eau noire et lente, ont été partiellement comblés avec des milliers de charges de camions transportant de la terre et des pierres provenant des excavations. Tout le paysage a été mis sens dessus dessous.

Peut-être le paysage a-t-il perdu son âme. Ou peut-être ne fait-elle que se cacher. Je crois qu'elle reviendra un jour.

Peu importe : au printemps 1942 ou 1943, la route était exécrable et après un échange de correspondance qui dura six mois, les communes de Virsbo et Västanfors réussirent à mettre sur pied, avec les services de la préfecture de Västerås, une inspection de la route.

Ces messieurs de la préfecture sont partis tôt le matin dans deux voitures assez pleines, des voitures à gazogène, suppose-t-on. Au carrefour qui se trouve un peu au nord de Virsbo, la délégation de la préfecture rencontre les représentants de la commune de Virsbo (je cite d'après le *Journal du Västmanland*) qui les suivaient dans une troisième voiture.

Quand la première voiture, qui avait à son bord le directeur des Ponts-et-Chaussées du département et le secrétaire général de la préfecture, également membre supérieur de la Commission de Rationnement, cassa un essieu arrière à environ trois kilomètres au sud de la côte de l'oncle Sune, ce fut, en quelque sorte, une merveilleuse démonstration. Les deux hauts fonctionnaires accompagnés par deux secrétaires de la préfecture durent rejoindre péniblement à pied la maison de l'oncle Sune, à travers une neige mouillée et printanière. Pour comble de malheur, ils se trouvaient à la queue de la colonne lorsque l'accident eut lieu et les occupants des deux premières voitures ne semblèrent pas du tout remarquer ce qui s'était passé.

Ils pataugeaient donc dans la neige fondante tout en discutant vivement pour savoir s'il fallait continuer en direction de Fagersta ou revenir en arrière à Virsbo, quand, au beau milieu de la discussion, le secrétaire général aperçut au sommet de la côte la pompe à essence rouge de l'oncle Sune.

Quand il y arriva, la sueur coulait sur son visage violacé ; son cache-nez en laine, qu'il avait fourré dans sa poche, le suivait comme une traîne. Sa serviette, dieu merci, un des secrétaires s'en était chargé.

L'oncle Sune reconnut aussi bien le directeur des Ponts-et-Chaussées que le secrétaire général de la préfecture d'après des photos parues dans le *Journal du*

Västmanland et il pâlit un instant. Une de ses meilleures affaires de ces temps derniers avait-elle été un peu trop téméraire ?

Quand il vit l'état dans lequel tout ce monde était, il retrouva très rapidement son calme et arbora son sourire le plus engageant sous sa stalinienne moustache.

Ces messieurs furent bientôt assis, en caleçon, autour d'une tasse de café, au premier étage, tandis que Ruth, dans la cuisine à côté, repassait leurs pantalons avec un fer brûlant. Conversation sur le mauvais état de la route, en fait, c'était pratiquement chaque jour que des gens cassaient leur essieu arrière, et quelles difficultés un pauvre commerçant avait en ces temps de rationnement avec tous ces tickets, et c'est certain, ces messieurs comprenaient fort bien et ce n'était pas commode non plus d'être membre de la Commission de Rationnement, vous savez, monsieur Jansson, et que diriez-vous d'encore un tout petit peu de fine ?

On se sentait bougrement bien et ça aurait pu durer jusqu'à une heure avancée de la nuit et le directeur des Ponts-et-Chaussées avait parfaitement compris que cette route, il fallait la macadamiser sans tarder, au moins jusqu'à cette agréable petite boutique et tout était pour le mieux, jusqu'au moment où l'un de ces messieurs jeta un coup d'œil sur sa montre.

Panique ! Vite, les pantalons et merci beaucoup, seulement la question serait de savoir si monsieur Jansson voudrait bien se donner la peine de nous conduire — à Virsbo, à Västanfors — mais au fait, qu'est-ce qui était le plus près ?

— Ah bon, Västanfors ? Mais vraiment, monsieur Jansson, vous pourriez, oui, vous avez déjà été *tellement* aimable, vous pourriez éventuellement nous conduire jusqu'à Västanfors ? Si j'ai bien compris, vous venez justement d'arranger votre nouveau gazogène.

L'oncle Sune se faufile jusqu'à la remise et fait le plein de la Plymouth.

Le voyage en auto se déroule aussi agréablement que l'après-midi. L'oncle Sune est d'excellente humeur, le cigarillo se trémousse allégrement dans la moustache à la Nietzsche et quelque part du côté de l'asile d'alcooliques de Sundby, l'oncle a pratiquement obtenu l'assurance d'une attribution particulièrement importante de tissu pour sa boutique, la Commission de Rationnement la lui accorde. La voiture entre triomphalement dans la cour de la vieille maison communale de Fagersta où une commission d'accueil morose s'éclaire un peu en voyant ces messieurs sur le siège arrière. Il y a là des membres des conseils municipaux de trois communes, des messieurs de la préfecture et des Ponts-et-Chaussées et le commissaire de police de Västanfors.

Ces messieurs descendent, remercient.

C'est alors que quelqu'un découvre que le gazogène n'est pas là. Il n'est pas là, tout simplement ! Ou bien l'oncle Sune a oublié de l'accrocher dans sa précipitation, ou bien cette saloperie s'est détachée en cours de route, ce qui est le plus probable.

Il est franchement aussi surpris que les autres.

— Mais mon Dieu, dit l'oncle Sune, où est mon gazogène ?

La voiture ronronne gaiement, mais personne — dieu merci — n'a assez de présence d'esprit pour le remarquer.

— On a dû perdre cette saloperie, dit Sune.

— Mais alors comment diable sommes-nous arrivés jusque-là ? demande le directeur des Ponts-et-Chaussées.

— Ce n'est pas compliqué, déclare le secrétaire général de la préfecture avec toute l'autorité et toute la haute compétence du fonctionnaire le plus haut placé. *Les descentes sont très longues*.

— Mais nous les avons remontées, ces descentes, remarque le directeur des Ponts-et-Chaussées. On n'a fait que monter tout le long.

— Ouais, tout ça, c'est la même merde, dit l'oncle Sune, après un temps de réflexion.

(Carnet jaune III : 30)

Tout ça, c'est la même merde. On va à l'école, puis au lycée, puis à l'école normale, on passe par des écluses successives vers une langue plus raffinée. Et plus abstraite. On n'est que trop pressé de l'apprendre. Au lycée, on pouvait voir la différence entre les enfants issus des classes populaires et ceux de la classe moyenne. Les enfants des classes les plus basses parlaient une langue plus dure, plus désillusionnée. J'ai refait la même expérience, plus tard, quand j'ai moi-même enseigné.

Une perspective au ras du sol où les motivations pour toutes les actions deviennent dures, égoïstes, cyniques.

Le langage de la classe moyenne : le plus incertain de tous. Il est basé sur le fait que pour gravir un échelon de plus dans la hiérarchie sociale, il faut se conduire comme si on y était déjà. Cela crée un curieux manque d'assurance qui traverse tout le système. On sait ce que veulent dire les mots et pourtant, on ne le sait pas.

Par exemple, depuis quelques mois, j'ai la « trouille ». Dans un autre langage on dirait : j'éprouve l'angoisse de la mort. L'angoisse de la mort donne une tout autre dimension à la chose, un peu comme s'il y avait une connaissance supérieure à dire « angoisse de la mort » plutôt que « trouille ».

Je ne peux pas voir que cette dimension plus élevée existe.

Rien comme ces derniers mois ne m'a aussi clairement montré que la société possède un subconscient. Cela vient peut-être de ce que la peur me détache de tous les langages qu'on m'a appris autrefois, pour m'en défendre. Je commence à voir avec la même terrible lucidité, la même lucidité apeurée qu'un jeune garçon.

Le subconscient de la société. Les animaux de laboratoire qu'on torture lentement jusqu'à ce que mort s'ensuive, avec des tuyaux que l'on relie aux veines de leur cou et à leur estomac, avec des cellules cancéreuses que l'on transplante dans les foies des chiens à l'aide de longues aiguilles fines. Le couloir des asiles d'aliénés, les alcooliques tremblants et émaciés sur Storbron à Västerås.

Tout le temps un prix terrible, en train d'être payé. Mais à qui ? Et pour quoi ? Qu'est-ce qui a payé mon existence jusqu'à aujourd'hui ?

...

Il a maintenant suffisamment disparu de neige pour qu'on découvre partout les pierres mouillées et les feuilles déjà pourrissantes de l'an dernier.

J'ai toujours imaginé le paradis comme un lieu sec et chaud, surtout pas humide.

Au paradis, il n'y a pas de mensonges.

(Carnet bleu III : 5)

Quatre jours sans aucune douleur. Uffe et Jonny sont revenus hier. Je leur ai lu mon histoire de terreur. Ils n'ont pas été aussi impressionnés que je l'aurais cru. Ils trouvaient que le début était bon mais qu'il fallait beaucoup plus d'action. Nous avons discuté plusieurs façons de continuer. Les héros pourront-ils parvenir par leurs propres moyens à cette tour et détruire l'orgue à hypersons qui produit des douleurs, ou devront-ils recevoir une aide de l'extérieur ?

Doivent-ils tenter d'encercler la tour ? Un seul homme doit-il se sacrifier pour attirer l'attention sur lui ? Peut-on éviter ces sons qui provoquent la douleur en se mettant de la cire dans les oreilles ?

Uffe avait tout le front recouvert d'un pansement. Il avait reçu un coup de crosse de hockey à l'arcade sourcilière.

Ils avaient apporté une loupe et ils sont restés un long moment sur mon perron à essayer de mettre le feu à des lacets de chaussure. Mais le soleil printanier n'est pas encore assez fort.

Ils m'amusent et me distraient beaucoup, ces deux gosses. Ils sont tellement évidents.

(Carnet jaune III : 31)

Quelque chose — à peine si j'ose en parler, de peur que le fait d'en parler ne vienne l'infirmer — est en train de se passer.

Pas une douleur depuis douze jours. Je me sens souvent un peu las, j'éprouve un léger vertige, mais cela peut tout aussi bien être une simple fatigue de printemps. Je suis allé faire quatre fois des commissions.

Après tout, ce n'était peut-être rien de si extraordinaire ? Un calcul rénal ? Des petits graviers qui sont passés ? Le symptôme correspondait assez bien à des douleurs de calculs rénaux.

On considère d'ailleurs que ces douleurs sont parmi les plus fortes qui existent. Plus fortes que les douleurs de l'accouchement, dit-on dans un vieux numéro du *Scientific American*.

J'ai décidé d'attendre encore une semaine avant de commencer à espérer.

(Carnet jaune III : 32)

Quand j'étais petit, ou quand j'avais cet âge, la curieuse odeur de renfermé du gymnase, une odeur de transpiration, sous le plafond, en haut des cordes et des échelles, le sentiment de vouloir faire des choses et de ne pas avoir la force nécessaire, et celui d'être homme et garçon en même temps. Et ce demi-sommeil pendant les heures de classe, cet état quasiment végétatif où durant la puberté on joue avec ses doigts, essayant de les tresser comme si c'était dans son propre cerveau qu'on tressait : on essaie de comprendre ses labyrinthes.

J'ai longtemps cru que cet état de demi-sommeil avait un rapport avec l'ennui à l'école, mais je ne le crois plus.

Je recommence à éprouver la même impression : c'est une vitalité retenue qui se prépare à un grand changement.

Dans mon cas, j'ai derrière moi la crise d'une maladie.

L'étrange, la sereine mélancolie du temps où l'on était gosse.

Il va donc falloir que je redevienne un gosse.

(Carnet jaune III : 33)

4

INTERMÈDE

...

(pendant trente-trois jours, aucune note).
6 avril. Les douleurs s'atténuent. Rien qu'un vide.

(Carnet déchiré IX)

8 avril. Toute la journée, aboiements d'un chien qui doit être depuis peu dans la région. Ces aboiements viennent du sud ; extraordinairement plaintifs et monotones. Peut-être que ce chien est attaché ?

Bien que je ne ressente plus de douleurs, je suis maintenant tourmenté par autre chose : je commence à espérer et en même temps, je n'ose pas espérer de peur qu'elles ne reviennent d'un moment à l'autre.

Je pense beaucoup au fait que l'hôpital régional ne s'est pas manifesté, pas le moindre mot depuis la lettre que j'ai brûlée. Si c'était vraiment un cancer, voyant qu'ils n'avaient pas de nouvelles de moi, ils auraient dû me relancer, il est évident qu'ils s'occupent de leurs malades. C'était donc une bagatelle. Une espèce d'inflammation. Une péritonite ?

A moins qu'ils m'aient tout simplement perdu de vue.

Je commence à éviter d'aller voir à la boîte aux lettres.

(Carnet jaune IV : 1)

9 avril. Espérer est presque aussi dur que ne pas espérer. On est plus habitué à espérer et à craindre qu'à se trouver en plein milieu de tout ce qu'on a espéré ou craint.

Ce que j'ai appris : il n'y a pas de véritable issue à la vie.

On peut seulement avec un peu d'habileté et de ruse remettre la décision au lendemain. Mais il n'y a pas d'issue. C'est un système entièrement clos et à la sortie, il n'y a que la mort. Ce n'est, évidemment, pas du tout une sortie.

Je suis un corps. Rien qu'un corps. Tout ce qu'il faut faire, tout ce qui peut être fait, doit être fait à l'intérieur de ce corps.

(Carnet jaune IV : 2)

Parmi toutes les choses auxquelles je pouvais penser, je me suis mis à réfléchir au Paradis. J'ai aussi commencé à poncer la porte extérieure, elle a besoin d'être repeinte, la peinture s'est craquelée cet hiver et elle s'écaille. J'ai découvert sans les chercher trois pots de peinture dans un placard de la cuisine, ils devaient se trouver là depuis le début des années soixante, du temps de mon mariage.

Le Paradis offre d'intéressants problèmes. Qu'est-ce qu'un état de bonheur qui se prolonge à l'infini ?

On pense tout naturellement à l'orgasme. Un grand, un heureux orgasme qui soudain vous surprend en ne finissant pas. Il se prolonge minute après minute, heure après heure. Il est si intense, à ce point chauffé à blanc qu'on comprend que quelque chose d'inouï est en train d'arriver, on commence à désirer ne serait-ce qu'un tout petit moment pour respirer, rien qu'un dixième de seconde pour pouvoir réfléchir, mais cette jouissance inouïe se prolonge, se prolonge, elle ne se laisse pas convaincre, elle se poursuit pendant des heures...

Le Paradis ? Tout ça, je viens de le connaître.

Le Paradis, ce doit être quand cesse une douleur. Mais cela veut dire que tant que nous n'avons pas de douleurs, nous vivons au Paradis ! Et nous ne le savons pas !

Bienheureux et maudits vivent dans le même monde et ils ne le voient pas !

J'ai le sentiment d'avoir, au cours de ce dernier mois, fait le tour de ma vie dans quelque labyrinthe fantastique et merveilleux et d'être revenu exactement à mon point de départ. Seulement, comme je me suis trouvé en dehors des dimensions ordinaires, la droite et la gauche se sont inverties. Ma main droite est maintenant une main gauche, ma main gauche une main droite.

De retour dans le même monde et je le découvre heureux.

Les écailles de peinture sur la porte font partie d'une mystérieuse œuvre d'art.

(Carnet jaune IV : 3)

J'aurais dû mieux utiliser mon temps plutôt que de le passer à faire l'instituteur à Väster Våla et rester ici ensuite comme apiculteur en retraite anticipée.

Liste des arts selon leur degré de difficulté :

1. L'Erotique
2. La Musique
3. La Poésie
4. L'Art dramatique
5. La Pyrotechnie
6. La Philosophie
7. Le Surfing
8. Le Roman
9. Le Vitrail
10. Le Tennis
11. L'Aquarelle
12. La Peinture à l'huile
13. La Rhétorique
14. La Cuisine
15. L'Architecture
16. Le Squash
17. L'Haltérophilie
18. La Politique
19. Le Trapèze

20. Le Parachutisme
21. L'Alpinisme
22. La Sculpture
23. La Bicyclette artistique
24. La Jonglerie
25. L'Aphorisme
26. La Construction de fontaines
27. L'Escrime
28. L'Artillerie

Il est un art que je ne suis pas arrivé à mettre à sa place : l'art de supporter la douleur. Cela parce que personne n'a réussi à en faire un art. Nous voici donc devant le cas unique d'un art où la difficulté est si grande qu'il n'y a personne pour s'y adonner.

(Carnet bleu IV : 1)

Un monde où règne la vérité

Il existe sur la planète N° 3 du Système N° 13 d'Aldebaran une civilisation qui est en prise directe avec la réalité sans symboles intermédiaires.

Par exemple, l'idée qu'un dessin sur un papier pourrait représenter autre chose que lui-même est entièrement étrangère aux mille-pattes extraordinairement vigoureux et articulés qui, sur cette planète, constituent le stade le plus élevé de la civilisation.

Leur vigueur est une chance pour eux. Du moment que le seul symbole qu'ils connaissent pour un objet est cet objet lui-même, ils sont obligés de traîner avec eux pas mal de choses. Sur ce plan, l'expression « une vigoureuse rhétorique » a vraiment un sens.

Par exemple, pour dire : « une pierre chauffée par le soleil », il n'y a qu'une façon. C'est de poser une pierre chauffée par le soleil dans la main ou plutôt dans la patte de la personne à qui on s'adresse.

Pour dire « une pierre gigantesque au sommet d'une montagne », il n'y a qu'une façon de produire cette phrase. C'est de traîner une pierre gigantesque jusque sur le sommet d'une montagne.

Dans ces conditions, produire un poème devient une

épreuve qui garde toute son évidence héroïque pour des générations.

La plupart des sonnets produits par cette civilisation ressemblent à quelque chose comme Stonehenge ou Carnac : de formidables alignements de pierres que d'antiques héros aux veines saillantes ont mis en place en ahanant et en soufflant selon un schéma venu du fond des âges.

Dans cette civilisation, il existe une totale impossibilité de mentir. Si on veut dire « je t'aime » à quelqu'un, il n'existe qu'une façon, c'est d'aimer. Si on veut dire « je ne t'aime pas », il n'existe également qu'une façon, c'est d'éviter d'aimer. Si on le peut.

Dans un monde où le symbole coïncide tout le temps avec l'objet et où il ne peut jamais être remplacé par quelques ridicules petits sons ou par une petite série bizarre de signes sur un papier — des signes qui n'ont pratiquement rien à faire avec d'autres objets que ceux de nos conventions sociales, fragiles et temporaires —, la vérité et le sens, le mensonge et le non-sens coïncideront naturellement.

Dans un tel monde, la seule chose qui puisse remplacer le mensonge est de parler de façon si obscure, si près du non-sens, qu'il est impossible de se faire comprendre.

Sur cette planète, une conversation normale, un petit bavardage consistent en ceci : les habitants sortent, des sacs de cuir qu'ils portent sur eux, un tas de petits objets : des billes de verre, des petits cailloux de différentes couleurs, des bouts de bois joliment polis et ils les échangent allégrement entre eux.

Le prix de la vérité est élevé.

Parmi toutes les civilisations vraiment évoluées dans la région des vieux soleils au centre de la Voie lactée, aucune ne vit aussi isolée que celle-ci.

L'astronomie est bien entendu impensable. On ne parle pas de galaxies quand il faut les transporter soi-même pour pouvoir les nommer. Le concept même de « planète » devient naturellement tout à fait impensable.

Ces êtres vivent sur une plaine rougeâtre entourée de hautes montagnes.

Pour la plaine elle-même, qui est théoriquement la même chose que « le monde », ils n'ont évidemment pas de concept.

(Carnet bleu IV : 4)

Lorsqu'il y a quinze jours les douleurs se sont arrêtées, une sorte de paradis originel s'est reconstitué pour moi. Mais la douleur en était une des conditions. C'est une forme de vérité.

Donc, le contraire du « Tout ça, c'est la même merde » de l'oncle Sune.

On pourrait maintenant commencer à édifier une sorte d'échelle des valeurs.

(Carnet bleu IV : 8)

Tout s'est bien passé. La famille est arrivée le mardi, ils avaient avec eux plus d'enfants que je ne le redoutais, ils ont envahi toute la maison, couvert tous les planchers de sacs de couchage, de couvertures et d'installations provisoires.

Ils m'ont trouvé plutôt pâlot, les femmes ont dit que le ménage n'était pas très bien fait, qu'il y avait un peu trop de tasses avec un dépôt de café au fond presque impossible à nettoyer. Mais ça s'est bien passé.

Personne n'a rien deviné de particulier.

Ils sont restés un jour de moins que je ne le craignais. J'avais une sorte de peur puérile que ça ne recommence tout à coup à me faire mal, rien que parce qu'ils étaient là.

La seule chose, c'est que je me suis senti un peu las.

Je remarque que je n'aime pas qu'on dérange mes habitudes. Par exemple, le mercredi, les deux petits garçons sont venus, ils ont jeté un coup d'œil dans l'entrée, mais tout ce bavardage dans la grande pièce leur a fait peur. Je les ai vus disparaître, effarouchés, du côté de la barrière.

Et moi qui n'avais pas eu le temps d'écrire un nouveau chapitre à leur histoire de terreur.

Mon intention, au cours de ce chapitre, était naturellement de faire sauter ces horribles orgues qui produisent des douleurs à l'aide d'ultrasons. On allait découvrir que cette flûte avait quelques très remarquables qualités. Elle devait avoir le pouvoir de tout anéantir avec sa musique.

Maintenant, je vais laisser mûrir tout ça. J'espère qu'ils reviendront. Ils sont, pour ainsi dire, mon public littéraire, le seul.

Pendant tous ces jours, j'ai éprouvé une sorte de curiosité à l'égard des réactions de Manngård, mais je n'ai pas osé poser autant de questions que je l'aurais voulu.

Pensent-ils que je suis un parent normal chez lequel on passe la nuit plutôt que de dépenser de l'argent dans de coûteux hôtels sur la route de Sälen ou bien estiment-ils qu'il est de leur devoir de venir *jeter un coup d'œil* pour voir comment je vais ? J'ai été frappé de constater que depuis très longtemps, je ne me soucie plus du tout de savoir *comment me voit le monde autour de moi.*

Le seul trait vraiment asocial que je puisse me découvrir, c'est que je me suis pour ainsi dire placé en dehors puisque je n'ai pas les mêmes exigences que tout le monde. Je vis sans avoir de revenus, ce qui est très facile étant donné que je n'ai pas non plus de dépenses.

Jan et moi avons parlé de vieilles connaissances. Nous en sommes venus à évoquer Troäng. Il le connaissait puisqu'il s'est occupé de problèmes identiques à la préfecture de Västerås. Ces cas de leucémie dans le nord du Västmanland au cours de l'automne 1973 et le scandale autour de la Commission pour les Problèmes spéciaux de l'environnement qui en est résulté.

Ni Manngård ni moi n'avions la moindre idée de ce qu'il était devenu. Il y a un an, le bruit a couru qu'il serait entré dans la Confrérie de la Sainte-Croix à Barkarö, mais ce n'est, bien sûr, que le genre de rumeurs inévitables dans une situation comme la sienne. J'ai quelque peine à me le représenter dans une confrérie de rigoureux ascètes. Contrairement à moi qui ai toujours été quelqu'un de plutôt ascétique, il a toujours eu un tempérament très sensuel.

On remarquait ça à l'école, par exemple, à ses relations avec les filles.

Ce dont nous discutions, Manngård et moi, était finalement beaucoup plus intéressant. Nous parlions de ce type de bureaucrates, comment, s'ils sont suffisamment sensibles, bien sûr, ils finissent toujours tôt ou tard par craquer, pour la simple raison qu'ils absorbent, ils retiennent en eux un trop grand nombre des contradictions internes de notre société.

Cela ne prend pas nécessairement une forme aussi dramatique que pour Troäng, lui qui, à la fin de l'affaire, a littéralement vomi tout le conflit au cours d'une célèbre interview à la télévision, en présence du Premier ministre.

On peut découvrir ça dans leurs yeux, c'est comme une inquiétude. Ça les traverse comme un ulcère, une fatigue soudaine, un divorce, mais ça les traverse. On ne peut pas vivre avec en soi des conflits trop importants et eux, c'est le conflit même de notre société qu'ils retiennent en eux, puisqu'ils essayent de vivre en même temps selon deux discours différents.

Après leur départ, cela m'a paru tout à coup intéressant que ce soit précisément Manngård qui ait commencé à parler de cette affaire. Il est membre de la Direction de la main-d'œuvre.

J'espère que leur séjour à Sälen se sera bien passé.

Troäng : pareille chose n'aurait jamais pu m'arriver puisque pendant toute ma vie adulte, j'ai éprouvé d'une façon si évidente la sensation de me trouver *en dehors*, d'être finalement un asocial bien que j'aie toujours payé mes impôts. Depuis la polémique au sujet des retraites, je n'ai participé à aucune élection politique.

Même ma façon de réagir à la maladie est évidemment asociale.

(Carnet jaune IV : 12)

M. avait un côté amusant : elle mentait volontiers pour de petites choses. Jamais de grandes tromperies : moi, j'aurais pu la tromper pendant des années sur des points essentiels si je l'avais vraiment voulu. Elle ne mentait que pour de petites choses.

Elle pouvait dire qu'elle était allée faire des achats à Gamleby quand en réalité elle était allée à Fagersta. Si elle était restée seule à la maison, il lui arrivait de dire qu'elle avait passé la soirée à tisser alors qu'on voyait bien qu'elle l'avait passée à sarcler le carré de fraises.

J'ai beaucoup réfléchi à ça avant de trouver la solution, une solution vraiment très simple :

Avec ces petits mensonsges, elle se créait une marge de liberté.

Bien que cela n'eût aucune importance pratique, ça me laissait naturellement dans l'incertitude, je ne savais pas dans quelle boutique elle était allée et ça lui donnait un petit pouvoir sur moi. Il se créait un petit domaine où elle pouvait décider toute seule.

Cela ne prouve pas qu'elle avait mauvais caractère, seulement que j'ai dû, sans le savoir, la maintenir à une distance effroyable.

Qu'est-ce qui fait que je refuse d'entrer en rapport avec les autres ?

Que je refuse de leur accorder une espèce de pouvoir

sur moi. Un pouvoir qu'ils ont quand même ! Le fisc, le recensement, oui, mais bien plus encore les passions enfermées dans mon corps, car *les autres* commencent déjà là.

Prenez le tourment érotique (qui est sur le point de me revenir au fur et à mesure que les douleurs dans le ventre se calment), cette faim confuse et sourde. Ce sentiment que quelque chose nous manque qui nous poursuit pratiquement à chaque instant de notre vie éveillée ou endormie.

Qu'est-ce que c'est ? La possibilité de l'amour dans notre corps. La présence, la présence possible d'un autre être.

Ce perpétuel rappel avilissant que la solitude est une impossibilité, que quelque chose comme un être seul ne peut pas exister.

Que le mot « moi » est le mot le plus dépourvu de sens de la langue. Le point vide dans la langue.

(Comme un centre est nécessairement toujours vide.)

(Carnet jaune IV : 14)

J'ai décidé de ne pas téléphoner à M. Il m'a fallu plus de deux mois pour arriver à cette décision ! Vraiment, je commence à me faire un peu *lent*.

(Carnet jaune V : 21)

Je pense que l'âme a la forme d'une sphère (si elle a une forme), d'une boule où une faible lumière pénètre légèrement en dessous de la surface diaprée où des sensations et des actes de conscience, fragiles comme des bulles de savon, se déplacent en tourbillons et changent sans cesse de couleur, mais seulement légèrement en dessous de la surface.

Plus au fond, il n'y a que de faibles traces de lumière, à peu près comme dans les grandes fosses marines, après vient la nuit. La nuit, la nuit.

Mais pas une nuit menaçante. Une nuit maternelle.

(Carnet bleu IV : 9)

Ces derniers temps, j'ai souvent fait un rêve bizarre. Il concerne une des ruches. Je soulève le couvercle et je commence à nettoyer les cadres pour y prélever le miel. Au moment précis où je vais repousser une abeille qui se tient sur le rebord du cadre, je découvre qu'elle a un drôle d'air avec de curieux reflets bleuâtres. D'abord, je ne comprends pas du tout de quoi il s'agit, ensuite je regarde de plus près et je découvre que pas une seule des abeilles n'est une abeille.

Il s'agit d'une espèce absolument différente. Des êtres très intelligents, très avancés techniquement, qui arrivent du fin fond de l'espace, d'une galaxie très éloignée. Ils ont tout bonnement occupé la ruche — dieu sait ce que sont devenues les abeilles ordinaires, mais apparemment ces êtres-là sont eux aussi habitués à vivre dans une sorte de cellule en cire.

Ils parlent avec moi sans la moindre difficulté et sans que je comprenne très bien comment cela se passe. Ils viennent d'une civilisation d'insectes intelligents.

Toute leur planète a été anéantie par l'explosion d'une supernova, ils n'ont pas de vaisseaux spatiaux, ils volent quand ils le veulent de leur propre corps et à la vitesse de la lumière. Mais ils ne peuvent pas le faire dans l'atmosphère terrestre, cela chaufferait trop.

Leurs cuirasses brillantes luisent comme une espèce d'armure.

Que disent-ils ?

ON RECOMMENCE. ON NE SE REND PAS.

(Carnet bleu IV : 10)

5

QUAND DIEU S'EST RÉVEILLÉ

Un peu comme une petite araignée peut dormir dans un coin de la toile qu'elle a tissée, Dieu dort pendant vingt millions d'années dans un coin éloigné de l'univers.

Une région totalement vide de galaxies. Rien ne la perturbait. Elle flottait comme une immense méduse de trente parsecs de diamètre, merveilleuse à voir avec ses couleurs sans cesse changeantes, rose, vert et bleu foncé, qui n'en finissaient pas de chatoyer sous la surface transparente de la coupole de la méduse.

Elle donnait une espèce de fraîcheur à tout l'espace sans fond au-dessous d'elle, s'étendant dans tous les sens à des années-lumière de distance. Sans que rien se passe, un voyageur aurait quand même pu sentir sa présence, un peu comme lorsqu'un jour de grand soleil, en été, arrivant de l'intérieur des terres, on sent qu'on approche de la côte ; ou comme lorsqu'on traverse une pluie de printemps, sans y penser, en la laissant couler sur son visage. Elle donnait à l'espace vide un étrange sentiment de fraîcheur, de verdure toute neuve et d'amour, oui, d'amour.

Mais au cours de ces vingt millions d'années, pas un voyageur ne passa par ces régions lointaines se trouvant non seulement loin au-dessous de notre horizon optique, mais également loin de l'horizon radio.

Pour cet être merveilleux et unique, plus vieux que l'univers et, au fond, étranger aussi bien à l'espace qu'au temps, donc à la fois plus vieux et plus jeune que toute création, plus grand que la totalité de l'espace et plus petit que la moindre particule élémentaire, vingt millions d'années de sommeil étaient moins que du sommeil. C'était un instant d'absence, comme lorsque, pour une seconde, un chauffeur quitte la route du regard pour penser à quelque chose.

Quand de nouveau l'être suprême dirigea son attention vers le monde, toutes les sensations étaient pareilles à elles-mêmes. De lourdes pulsations venant de quelques sources radio périodiques, dans la galaxie la plus proche, formaient la toile de fond d'une infinie quantité de sensations plus fines. Les légers changements d'énergie des soleils passaient comme le vent dans les feuilles d'un bosquet de trembles et comme le lourd ressac des vagues dans la nuit, sous un quai, on entendait dans des directions lointaines les affaissements de gravitation dans les supernovae qui s'écroulaient.

Et au-dessus de toutes les fréquences, un peu comme des milliers de criquets et de sauterelles dans un pré, on entendait les pensées de tous les mondes habités.

Il y avait parmi tous ces bruits une note très lointaine, très faible que, pour commencer, il ne discerna pas du tout. Mais aussi faible et aussi ténue qu'elle fût, cette note était tellement perçante que lorsque enfin il s'en aperçut, elle capta son attention. Elle n'était pas là tout à l'heure. Elle était si plaintive qu'elle fit passer le frisson de quelque chose qu'en termes humains on pourrait décrire comme une inquiétude maternelle à travers ce corps immense.

Dieu avait prêté attention aux prières des hommes.

Il fallut trois jours pour que l'humanité remarque ce qui était en train d'arriver.

Le premier à constater le changement fut un soldat de la guérilla qui sévissait dans une zone de forêt vierge au sud de la Tanzanie. Ce soldat était âgé de quinze ans. Lui et sa troupe, efflanqués, assoiffés, avec de longues croûtes de pus sur les jambes, venaient d'être repérés par un hélicoptère alors qu'ils tentaient de se camoufler sous un bosquet d'arbres isolé au beau milieu d'une steppe éclairée par l'impitoyable lumière de midi.

Le garçon s'était allongé en tremblant, à côté d'une caisse de munitions, et il voyait approcher l'hélicoptère. Les flammes des mitrailleuses étaient déjà visibles. Il allait mourir d'une minute à l'autre. Il avait été élevé dans une mission chrétienne. Voyant arriver l'hélicoptère, entendant le sourd crépitement, le bruit de l'hélice noyé dans celui plus tranchant des armes automatiques, il laissa échapper cette prière :

« Mon Dieu, anéantis-les ! »

L'éclair blanc qui transforma l'hélicoptère et son équipage en un tas de particules fortement ionisées qui furent emportées comme un nuage par le vent fut visible jusqu'à l'horizon.

L'hélicoptère numéro deux, qui approchait, tomba avec fracas à quelques kilomètres de là. L'équipage fortement contusionné, encore ébloui par la lueur inouïe, tâtonnait autour de lui, désemparé.

Dieu, que tout ça se termine, supplia un malade dans un hôpital, un cancéreux. L'effet de la morphine s'estompait et la douleur, chauffée à blanc, montant par élancements à partir du côté droit inférieur de son ventre, juste au-dessus de l'aine, devenait un peu plus forte à chaque battement.

A cet instant, la douleur cessa pour céder la place à quelque chose comme un silence tonitruant. Il ne sentait plus qu'une légère pression dans la région du ventre, un peu comme s'il y avait eu là quelque chose de dur et de pesant qu'on venait de lui enlever, mais il pouvait de nouveau respirer normalement. Au bout de cinq minutes, il essaya avec des précautions infinies de remonter sa jambe.

Cinq minutes plus tard encore, il appuya sur le bouton de la sonnette d'appel avec l'énergie du désespoir. Quand, avec un grand retard, l'infirmière de nuit apparut sur le seuil de la porte, il était debout, au milieu de la pièce, un sourire timide sur les lèvres.

« Seigneur, donne-nous une paix durable », dit l'archevêque d'Åbo en terminant la prière du matin à la radio. Il prononça chacun de ces mots avec beaucoup de sentiment et de conviction.

Aurait-il prononcé cette prière un dixième de seconde plus tôt, il serait resté un évêque ordinaire, même s'il était archevêque.

Comme il les prononça à ce moment précis, il devint un personnage de l'histoire universelle, oui, le plus grand personnage, au fond, de l'histoire universelle.

Trois dixièmes de seconde après que l'archevêque d'Åbo eut prononcé la dernière syllabe des mots « paix durable », le personnel de contrôle d'un des immenses blockhaus souterrains pour fusées qui s'étendent sur une immense chaîne en Mongolie extérieure remarqua que les instruments ingénieux surveillant l'état d'une fusée à ogives multiples, capable de placer six bombes à hydrogène sur six villes différentes, indiquaient zéro. Aussitôt : désespoir, alarme, mesures d'urgence. Un groupe d'experts put établir, après six heures de dur travail, qu'il n'y avait rien à faire. Au fond de son propre silo, la fusée haute de quatre-vingts mètres était faite, du sommet jusqu'en bas, d'un or affreusement lourd, à l'éclat merveilleux, un or à vingt-quatre carats. Un or souple et solide.

Il fallut encore vingt-quatre heures au monde pour comprendre que cela était vrai de toutes les matières fissiles de la planète, et pas seulement des matières fissiles. Toutes les armes, tous les projectiles, jusqu'aux épées de l'âge de fer conservées dans les musées, s'étaient au même instant transformés en or.

Le lendemain, à dix heures, trois des membres du Conseil national de sécurité des Etats-Unis furent transportés dans une clinique psychiatrique privée, ils étaient sous l'effet de très puissants tranquillisants. Les autres membres les regardaient partir depuis une fenêtre des étages supérieurs du Pentagone. Ils avaient le regard vide de ceux qui ne veulent ni en entendre ni en voir davantage.

Depuis déjà dix heures, les bourses du monde entier étaient secouées par la première de ces fantastiques crises qui allaient en deux jours d'abord conduire à la suppression du système monétaire, puis à la suppression de tout système économique, de tout devoir économique.

Pour commencer, le prix de l'or fit une chute inouïe. A midi, il avait atteint le prix d'une tonne de charbon en 1934.

La fuite chaotique vers les US dollars qui commença en même temps, aux alentours de treize heures, avait fait monter le cours du dollar à douze mille trois cent quarante onces d'or. Au cours de la demi-heure qui suivit, une rumeur invérifiée déclencha une véritable fuite panique vers la couronne norvégienne qui passa en vingt-cinq minutes à dix mille fois son cours de la veille.

A quatorze heures, au cours d'un flash spécial, le directeur de la Banque nationale norvégienne annonça dans des termes lugubres la nouvelle de la faillite de l'Etat.

Peu de monde vit ce programme à la télévision. En effet, à cet instant, les citoyens norvégiens étaient entièrement requis par des découvertes personnelles d'une telle envergure que la faillite de la banque nationale ne les préoccupait absolument pas.

Depuis des millénaires, les prières de certains hommes avaient été très exactes, très précises, celles de certains autres avaient été très vagues et si obscures qu'elles n'étaient quasiment formulées que dans leurs rêves.

Dans le nord du Västmanland, entre Ängelsberg et Ombenning, un vieil ouvrier en retraite d'une scierie était assis dans sa maison, il feuilletait distraitement le journal de la veille. Prêt à somnoler. La lumière faisait déjà cligner ses yeux, dans la pièce les mouches bourdonnaient.

A ce moment-là, on frappa discrètement à la porte. Ça le fit sursauter.

Il ouvrit les yeux et lança d'une voix sourde : « Entrez » ; il vit alors six maîtres d'hôtel, dans des habits impeccables, entrer en traînant d'immenses paniers qui apparemment contenaient des écrevisses à l'aneth, des fromages au cumin grands comme des roues de tracteur et des caisses et des caisses d'eau-de-vie glacée, il contempla tout cela avec beaucoup de calme et en conclut qu'il venait effectivement de s'endormir.

Le premier coup de cymbale et le son d'une petite flûte le firent à nouveau sursauter. Les maîtres d'hôtel avaient disparu.

Vêtue d'une ample robe transparente à reflets bleuâtres, la première des cinq ballerines commença sa danse. Son nombril merveilleusement mobile ondulait au-dessous d'un lourd bijou placé sous des seins menus et fermes, elle lui souriait, un sourire infiniment prometteur.

L'ouvrier de la scierie se dirigea d'un pas ferme jusqu'à sa porte et la ferma. Regagnant sa place, il remarqua que les rhumatismes de son genou gauche avaient complètement disparu.

A cet instant, dans le monde entier, des milliards d'hommes firent la même découverte. Le dieu qui avait d'une façon aussi inattendue commencé à écouter leurs prières ne semblait pas avoir la moindre retenue morale, la moindre décence. La puissance capable de transformer en une seconde les armes nucléaires gigantesques en tours d'or massif se montra très vite tout aussi disposée à changer la femme ridée d'un vieux lieutenant-colonel en bel adolescent blond ou à déverser sur l'asile de l'Assistance publique de Stockholm un ouragan de valses de Strauss et de bouchons de champagne.

Le monde grouillait d'une armée apparemment inépuisable de lestes serviteurs qui s'incarnaient soudain, prêts à offrir à chacun ce qu'il désirait au fond de son cœur. Au cours de cette deuxième journée, les cohues, les danses, les accouplements publics dans les rues d'Europe furent indescriptibles. De vagues et sporadiques bulletins d'informations en provenance des radios des continents les plus proches apprenaient que des scènes semblables avaient éclaté là-bas.

Il était fascinant d'assister à l'effondrement de l'Eglise ou plus exactement à l'effondrement des Eglises. Le troisième jour à midi, au moment, à peu près, où Sa Majesté le roi communiquait que tous les partis refusaient d'assumer la charge du gouvernement, où Washington et Moscou faisaient savoir que toute activité publique cessait jusqu'à nouvel ordre et où le Parti communiste chinois déclarait que la phase utopique venait de commencer selon les prévisions du plan, la lettre pastorale de l'assemblée des évêques, attendue depuis plusieurs jours, arriva.

C'était un chef-d'œuvre de formulations prudentes. Pour commencer, elle constatait que les voies du Seigneur et les profondeurs de la nature sont insondables et que personne ne peut prescrire au Tout-Puissant quels moyens utiliser.

Ensuite, elle faisait également allusion à l'existence de forces démoniaques dans le monde et elle laissait entendre que ce serait toujours, pour un véritable chrétien, une question entre lui et sa conscience que de décider quelles prières sont en accord avec la volonté de Dieu.

L'ère nouvelle qui venait de commencer donnait certes des preuves écrasantes de la bonté et de la toute-puissance divine, l'assemblée des évêques se rendrait néanmoins coupable de négligence si elle ne soulignait pas les tentations que comportait nécessairement pour chaque fidèle chrétien ce nouvel état de choses qui, assurément, n'allait pas durer éternellement.

L'assemblée des évêques se voyait donc contrainte, en ces temps marqués par de grandes révolutions, d'appeler les fidèles à la plus expresse retenue dans leurs prières.

Ces mots retombèrent à terre comme lettres mortes, au moment même où ils furent prononcés.

Pour la première fois de son histoire, l'humanité venait d'apprendre à connaître une générosité d'une espèce absolument nouvelle, la bonne volonté illimitée, l'amour parfaitement indolent, oui, nihiliste envers toute création que seul peut éprouver l'être qui l'a créée.

On peut aussi dire ça d'une tout autre façon :

L'humanité, qui pendant des millénaires avait été tourmentée par l'étrange et malheureuse aberration selon laquelle il régnait au-dessus d'elle un père exigeant et presque haineux, avait en l'espace de quelques jours compris son erreur.

Il y avait, à sa place, une maman.

Tandis qu'à chaque seconde l'existence s'éloignait de plus en plus vite de toute description par le langage vers un royaume pour lequel il n'est plus aucun mot, LA LANGUE COMMENÇA A DÉPÉRIR.

Un des derniers fragments de langage porte le message suivant :

SI DIEU EXISTE TOUT EST PERMIS.

(Carnet bleu V : 1)

6

MÉMOIRES DU PARADIS

Forêt de bouleaux. Marais. Premiers signes avant-coureurs que les feuilles vont éclore. Comme cet hiver a vite passé ! Je ne suis pas tout à fait sûr de vouloir que le printemps arrive déjà. Je n'y suis pas encore préparé. En moi, la solitude grandit comme un tas de compost. Les plantes les plus étranges se fraient un chemin. Doutes.

Et chaque matin, aussi, j'ai peur que les douleurs ne reviennent. J'ai souffert tout l'hiver de douleurs. Je souffre désormais tout autant de la peur des douleurs. Je fais très attention à moi : est-ce que je me suis affaibli, est-ce qu'il me faut faire davantage d'efforts pour marcher, est-ce que je me sens plus fatigué après les courses qu'avant ? J'évite de prendre la voiture, pas tellement pour économiser l'essence que pour me mettre à l'épreuve. Cela veut dire que je perds toute une matinée, mais je ne sais pas très bien à quoi d'autre j'aurais pu employer ce temps.

L'homme, cette créature étrange, balançant entre l'animalité et l'espoir.

Au fond, je n'en sais guère plus sur le sens de l'univers qu'une vieille pierre moussue derrière mes ruches et le but de tout ça, je l'ignore, les molécules, les chaînes de molécules, la conscience, les sonnets et les sextines, les fusées nucléaires souterraines, les fresques de Michel-Ange, le théorème de la binomalie et les madrigaux de Monteverdi. C'est ce que connaît un moustique. Ce que connaît une amibe dans un peu d'eau croupie.

Il n'est pas tard dans l'histoire de l'humanité. Il est, en fin de compte, très tôt.

La peur de devenir fou est, finalement, la peur de devenir quelqu'un d'autre :

Mais c'est ce que nous devenons à chaque instant.

Was mich nicht umbringt, macht mich stärker (Nietzsche).

Marais. Bouleaux. Les tussilages fleurissent au bord des fossés. La plupart des ruches se sont mises à l'œuvre. Mon copain Nicke, par exemple, qui a été écrasé par un camion alors qu'il rentrait à bicyclette pour déjeuner, un jour de septembre 1952. Je pense souvent à lui quand je vois quelque chose d'inhabituel, quelque chose qui m'intéresse vraiment. Je me demande : qu'est-ce que Nicke aurait dit de ça ? « Maintenant, Nicke, je vois toutes ces choses à ta place. » C'est une sensation d'une intensité inouïe. On *est* en quelque sorte identique à ceux qu'on a connus.

Les années cinquante ? Quels souvenirs j'en garde ? De petits trains bleus traversaient Stockholm. Herbert Tingsten parlait à la télévision. Le référendum sur les fonds de retraite, une question à laquelle je ne me suis jamais vraiment intéressé. Le référendum sur la circulation à gauche ou à droite, où il est apparu que tout le monde voulait conserver la circulation à gauche.

Comment les filles s'habillaient-elles dans les années cinquante ? Ne portaient-elles pas un genre de robes en coton très longues avec de très larges ceintures ? Ne parlaient-elles pas d'une autre manière ? Je ne me souviens pas très bien.

Quand nous étions petits garçons, oui, même quand nous étions lycéens, nous allions pêcher à l'écluse de Färmansbo. Là, la rivière de Kolbäck, lente, molle, non pas molle, mélancolique, fait une petite chute, il y a là une petite île avec quelques vestiges d'un haut fourneau où autrefois les morilles poussaient en abondance.

L'écluse de Färmansbo se trouve à l'extrémité sud de la petite île. Un sentier y conduit, ombragé par des arbres si hauts que tout ce lieu est comme un tunnel ; le long de la muraille du canal bougent d'antiques algues.

En bas, près de l'écluse, l'eau tombe à pic, noire comme du charbon, cela crée une sorte de tourbillon noir dans les hautes eaux qui nous fascinait toujours quand nous étions gosses. Dès le mois de mai, nous y passions tout l'après-midi. A cette époque-là, c'étaient les brochets qui étaient les plus actifs. Quelques-uns d'entre nous avaient des parents propriétaires de maisons de campagne dans les environs, quelques autres étaient les enfants d'authentiques habitants du pays.

Bien entendu, il nous est arrivé quelquefois d'attraper un poisson, il y a eu des épisodes dramatiques avec des brochets géants qui arrachaient l'hameçon brillant comme de l'or et disparaissaient avec tout ça dans la gueule, de grands brochets qui ondulaient comme des serpents dans l'herbe et l'un d'entre nous qui tombait dans l'eau noire, toujours froide, en glissant sur un caillou humide.

Mais je ne crois pas que c'était la pêche qui nous attirait au plus près de l'écluse.

L'eau noire qui coulait s'apparentait à l'obscurité de nos propres pupilles.

Nous restions assis à regarder dans l'eau et nous parlions de choses étranges.

Les vélos reposaient en tas dans un buisson, passer la maison du gardien présentait toujours des difficultés : le gardien, un homme d'un certain âge, n'avait guère de compréhension à l'égard de cette bande de gosses qui descendaient jusqu'à l'écluse d'en bas. Il avait toujours peur qu'ils ne se mettent à jouer avec les vannes et changent le niveau d'eau ; pour lui, ce n'était pas très agréable puisque cela signifiait une promenade supplémentaire de cinq cents mètres si une vanne qui devait rester fermée était ouverte.

(D'ailleurs, à cette époque, les vélos jouaient pour nous un rôle très important : c'était un peu comme des animaux domestiques.)

Nicke était très drôle. On aurait dit un écureuil. Toujours en éveil. J'avais tout simplement l'impression qu'il voyait bien plus que ne voyaient les autres. C'est lui qui a découvert qu'il était possible d'entendre les loutres au bord de l'eau au coucher du soleil. Une rumeur très très faible que personne d'entre nous n'avait remarquée et qui ne cessait jamais.

Un petit gars, maigre et bronzé, d'une agilité extraordinaire et qui escaladait les pins les plus hauts en posant simplement ses genoux contre l'écorce et en montant tout droit. Je crois qu'il ignorait le vertige. Une fois, il a avalé une ablette vivante pour prouver qu'on pouvait le faire.

C'était très important pour lui de prouver qu'on pouvait faire des choses que personne ne croyait possibles. S'il avait vécu au XVe siècle et s'il n'avait pas été écrasé par un camion, il aurait certainement découvert, quelque part, avec le temps, un nouveau continent.

Il était, je dirais, sensible aux orages. Il savait qu'ils allaient arriver des heures avant qu'on aperçoive le moindre nuage dans le ciel. Ça ne le rendait ni anxieux ni endormi, comme d'autres personnes. J'ai l'impression que tout simplement ils le ravigotaient, le transportaient en extase.

Quand la grêle tombait sur le bassin de l'écluse et que les tourbillons de l'eau noire disparaissaient sous l'écume, quand nos cannes à pêche et nos boîtes d'asticots restaient à l'abandon et que nous nous serrions, sans oser respirer, dans une vieille forge au milieu de la ferraille, des vipères et des orties, on pouvait le voir danser sous une pluie torrentielle comme un petit derviche, à moitié nu, souvent, puisque sa mère le battait s'il rentrait avec des vêtements mouillés.

Je peux encore le revoir, je n'ai qu'à fermer les yeux, un petit derviche sauvage dansant une danse extatique sous la grêle, sur les grosses pierres taillées au XVIIIe siècle, il saute sous la pluie, là-bas à l'écluse de Färmansbo.

Comme si l'orage avait été son père.

Un petit homme, enfermé dans sa propre énigme.

Je me demande souvent, sérieusement, ce qu'il serait devenu. Ouvrier dans une scierie comme son papa ? Explorateur à Mornington Islands ? Mais que reste-t-il à découvrir ?

Il donnait toujours l'impression d'être destiné à quelque chose de tout à fait particulier.

Nous étions tous destinés à autre chose.

Si je regarde autour de moi parmi les gens que j'ai appris à connaître au cours de ma vie : professeurs, amis, filles, rencontres occasionnelles, vieux amis fidèles, parents, je suis frappé de constater qu'il n'y en a pas un seul, je dis bien pas un seul, même mon ex-femme, même pas ma maîtresse, que j'ai appris à connaître vraiment.

On rencontre une nouvelle personne, on la trouve intéressante. On essaie, comme on dit, de la « situer ». (J'essaie même avec les messieurs et les dames qui présentent le journal télévisé.)

On cherche dans ses souvenirs des visages ressemblant à la personne en face de vous. Le mouvement lent des paupières correspond à deux yeux vus une fois, les yeux d'un orateur à l'Union biologique, le coin des lèvres est le même que celui d'un chargé de cours de chimie à Uppsala. Bref, cet accent vient de tel endroit et cette expression de tel autre visage. On s'imagine avoir compris.

On assemble l'inconnu et ce qu'on connaît. Dans son cabinet, le psychanalyste (ou comment appelle-t-on ça ?

Je n'en connais aucun) fait en principe la même chose : il assemble des expériences, des souvenirs, pour trouver la clef du nouveau, de l'inconnu avec lequel il est confronté.

Mais ce qui nous passe entre les doigts, ce à quoi nous nous reportons, ce trousseau de clefs composé de visages vus jadis et que nous agitons, tout cela aussi est fait en grande partie de choses inconnues. Nous expliquons les énigmes par des énigmes.

C'est à peu près comme si on achetait un autre exemplaire d'un journal pour contrôler un entrefilet auquel on ne croit pas quand on le trouve dans son propre exemplaire.

Il existe au fond de chaque être une énigme, obscure comme la nuit. L'obscurité au fond de la pupille n'est pas autre chose que la nuit sans étoiles. Ces ténèbres au fond de l'œil ne sont que les ténèbres mêmes de l'univers.

L'homme ne devient suffisamment grand, suffisamment lumineux qu'en tant qu'énigme. Seule une anthropologie mystique lui rend justice.

Que Nicke nage et plonge comme un poisson, c'était évident. Il plongeait au fond du grand bassin de l'écluse et détachait les hameçons qui étaient restés accrochés, là au fond, dans trois siècles de ferraille. Il se retenait à de vieilles souches, de vieux filins. Ses cheveux ondulaient comme des algues, son corps maigre se tenait à l'horizontale dans le sens du courant. On aurait dit quelqu'un volant à une vitesse extraordinaire, comme un ange qui ne peut visiter la réalité ordinaire qu'en s'y retenant.

La surface de l'eau au-dessus de lui ressemblait à un lointain plafond scintillant. Les faibles craquements que l'énorme masse d'eau provoque toujours dans les gigantesques poutres en chêne goudronnées des écluses lui parvenaient comme le tic-tac, très lointain, d'une immense horloge. Les voix des camarades avaient disparu. Il était absolument sans peur. Les longues algues, là où les pierres taillées de la paroi devenaient fond, bougeaient comme des cheveux de femmes.

Les visages des camarades, de petits ovales, religieusement penchés sur les bords du bassin, il ne les voyait pas. Dans quel temps se trouvait-il ? Il n'en savait rien. Peut-être les autres seraient-ils repartis quand il remonterait à la surface, peut-être y régnerait-il un tout autre temps.

Il flottait. Il se déplaçait avec une grande rapidité. Il se dit : retiens-toi. Il lâcha prise d'une main en faisant très attention pour sentir si l'autre bras était assez solide pour le maintenir, mais il comprit que le courant était trop fort, il l'entraînait vers la vanne qui apparaissait comme un carré argenté au fond de la pièce verte où il se trouvait.

C'est là qu'il aperçut l'hameçon à brochets qu'il avait voulu aller chercher en plongeant. Ou plutôt ce qui pouvait être cet hameçon.

A environ un mètre de lui, dans la vase, vers le milieu du bassin, ça brillait comme de l'or.

Un instant il eut l'idée que les longues algues qui ondulaient étaient les cheveux des filles de la rivière qui veillaient sur ce trésor.

Il comprit que la seule façon d'attraper l'hameçon sans être emporté par le courant vers la vanne (et elle était dangereuse, on ne pouvait pas y passer, mais on pouvait bien y être coincé et étouffer) était de tendre lentement les jambes vers l'extérieur et d'essayer de prendre l'objet qui brillait, ce que ça pouvait bien être, avec les orteils du pied droit.

Dès qu'il se tourna vers l'extérieur, le courant l'entraîna. Chaque fois qu'en tâtonnant il essayait d'atteindre cet objet brillant qui devait être un hameçon, ses orteils faisaient monter un nuage de vase qui voilait tout. Ses poumons étaient sur le point d'éclater par manque d'oxygène.

On recommence. On ne se rend pas, pensa-t-il.

Au-dessus de lui, l'été. Le souffle tiède passait dans les arbres. Un étourneau se penchait au-dessus de l'eau de l'autre côté de l'île, dans la partie couverte du cours d'eau. On entendait au loin les bruits d'un de ces tracteurs bon marché, fabriqués avec le devant d'un camion, dont les paysans se servaient pendant la guerre, quand on n'avait pas les moyens de produire de vrais tracteurs.

Des nuées de mouettes suivaient le tracteur.

C'était notre paysage et ce n'était quand même pas notre paysage. C'était nos vies qui commençaient et ce n'était pourtant pas nos vies.

Je n'ai jamais été aussi sage qu'alors. Je savais combien j'étais étranger, mais je savais aussi que les autres étaient des étrangers. Dans l'univers, personne n'est chez lui.

Quand Nicke est revenu à la surface, il était quasiment bleu par manque d'oxygène. A peine s'il avait la force d'atteindre le bord et quand on l'a remonté sur le quai, il lui a fallu au moins cinq minutes avant de pouvoir parler. Allongé par terre, il haletait comme un petit poisson couvert de vase. Une odeur de vase des profondeurs, de pierres immémoriales, d'algues pâlies et de boue pourrissante émanait de lui.

On a peu à peu compris pourquoi il avait si mal nagé alors qu'il remontait à la surface et pourquoi il avait eu tant de peine à grimper tout seul sur le quai. Il avait tout le temps gardé son poing convulsivement refermé sur quelque chose.

On croyait qu'il allait mourir. En pleine chaleur, un jour de juin, il tremblait de froid. On a demandé :

— Que s'est-il passé ?

Il a d'abord répondu par des claquements de dents. Il a finalement essayé de dire quelque chose et au bout d'un moment, il est quand même arrivé à le dire assez distinctement pour qu'on puisse le comprendre.

— Ce n'était pas un hameçon, je ne l'ai pas trouvé.

— Et alors, qu'est-ce que tu serres dans ta main ?

Il a regardé son poing fermé comme s'il avait complètement oublié qu'il le tenait serré.

— Qu'est-ce que tu as ? Qu'est-ce que tu as ?

On dansait d'excitation tout autour de lui. Que cela ne puisse pas être un hameçon, c'était assez clair, ses crochets se seraient enfoncés depuis longtemps dans sa main.

Il l'a ouverte lentement, comme si son poing était resté serré beaucoup trop longtemps. Il paraissait aussi curieux que nous de découvrir ce qui s'y trouvait.

On est restés silencieux, sans respirer.

Nicke avait remonté du fond de l'écluse de Färmansbo une lourde pièce d'or, un ducat de l'époque de Charles XIV, le seul ducat qu'on y ait jamais trouvé.

(Carnet bleu VI : 1)

7

LE CARNET DÉCHIRÉ

Le regard de ma grand-mère paternelle Tekla, son regard sans âge. Les mêmes ténèbres que là-bas dans l'univers entre les galaxies.

Elle était née dans la paroisse de Berg en 1870, elle a vécu jusqu'à l'année dernière. A la maison de retraite de Hallstahammar, une petite vieille qui roulait en marchant, parfaitement présente quand on lui rendait visite, avec sur sa commode en noyer une jolie coupe en verre pleine de bonbons, une petite vieille parfaitement à l'aise avec le monde.

Au cours du siècle qu'elle a vécu, je ne crois pas qu'elle ait jamais vu une raison de se demander pourquoi elle existait. Il est vrai qu'elle avait sa religion et qu'elle expliquait naturellement tout.

Je commence à m'intéresser au regard des gens (même à la boutique) comme s'il avait quelque chose de particulier à dire. J'entends par là, comme si on pouvait y lire une sorte de réponse.

Cela vient de l'idée bizarre qu'ils pourraient voir, eux, quelque chose que je ne vois pas.

Un petit lézard est sorti hier sur le balcon derrière la maison pour se réchauffer au soleil du mois d'avril. Il se tenait absolument immobile. Est-ce que je me suis trompé ? J'ai eu l'impression qu'il changeait de couleur selon les nuances de gris argenté des différentes planches.

Je me suis allongé pour le regarder de plus près. J'ai alors découvert son tout petit œil.

Il règne là une autre espèce de noir, le noir éveillé, le noir objectif des reptiles.

Comparé à l'œil d'un reptile, l'œil du mammifère semble gluant, à moitié enivré par les forces chaudes de la vie.

Le reptile plonge droit dans les ténèbres un regard objectif.

Dieu sait ce qu'il voit. Autre chose ?

(Carnet bleu VII : 2, dernière note.)

... depuis cette nuit, trois heures, de plus en plus intensément, cela part du même point qu'avant, avec des ramifications vers la cuisse et le diaphragme, d'abord les mêmes niveaux qu'avant, pour s'élever ensuite vers le « chauffé à blanc ».

Je savais que ce n'était qu'une pause.

Très curieusement, j'ai l'impression de l'avoir bien utilisée.

(Carnet déchiré II : 1)

ambulance	**90 00 00**
hôpital central	**13 71 00 (standard).**

(Carnet déchiré II : 2)

J'ai tout vomi avec une sorte de monotonie obstinée. Même l'eau chaude avec du miel. Mais à petites gorgées, ça va. Fièvre.

Promenade jusqu'à la boîte aux lettres — comme une expédition au pôle Nord.

(Carnet déchiré II : 3)

Confié le chien aux Olsson à Skrivargården. Des adieux brefs et bizarres. En guise de cadeau d'adieu lui ai donné la moitié d'un fromage, a paru malgré tout plutôt distrait, guère intéressé. Il l'a traîné d'un bout à l'autre de la chambre. Geignait, inquiet. Sera bien.

(Carnet déchiré II : 4)

Good night, ladies. Disparues pendant trois jours, mais ça revient et ça revient à des intervalles de plus en plus rapprochés.

Gênante, la ressemblance entre la douleur et le désir. Ils accaparent tous les deux entièrement votre attention et on ne voit plus rien d'autre, c'est comme une femme aimée. Les nouvelles, le temps qu'il fait, les changements de la nature, même l'angoisse, elle est capable de tout effacer. C'est un royaume où règne une vérité définitive.

Les gens commencent à venir me voir un peu plus souvent, ils me disent franchement que je devrais aller à l'hôpital. Ici, dans le nord du Västmanland, les gens ont l'esprit pratique. Dans la langue de la région, on ne dit jamais : « Il est mort ». On dit : « Il a fait sa mort ». Ils ont peur que je ne « fasse ma mort ».

Je n'arrive plus à lire le journal. Je lis, c'est-à-dire je déplace mon regard d'un mot à l'autre, mais chaque mot n'a que la douleur pour contenu. Pire encore, le sentiment que tout cela ne me regarde pas. Ces jours derniers, ils se sont mis à parler d'un « Bureau d'informations » qui serait, dit-on, une émanation des services secrets suédois.

Leurs problèmes ne sont plus les miens. Et quand je lis les mots « Bureau d'informations », je me représente un bureau qui répondrait à toutes sortes de questions, par exemple :

Pourquoi justement moi ?

Pourquoi justement moi mortel ?

Pourquoi justement moi cette douleur ?

Pourquoi justement moi identique à cette douleur ?

Pourquoi justement moi identique à quelqu'un éprouvant cette douleur ?

Pourquoi...

(Carnet déchiré II : 5)

Le problème de ces femmes, c'est qu'elles sentaient que je ne voulais pas assez. Si elles sentent qu'on veut une chose, les femmes sont prêtes à tout.

Je n'ai pas assez voulu. Tout au long de ma vie, les gens n'ont jamais eu le sentiment que j'avais quelque chose à *leur dire*. Ces trois derniers mois m'ont donné une réalité. C'est affreux.

(Carnet déchiré III : 1)

Vomi toute la nuit. 31 avril. Taches sur les avant-bras. De grandes taches brunes.

Suis aujourd'hui frappé par le ridicule de l'idée de suicide.

Il n'y a aucune issue. Nous sommes *totalement* immergés dans la réalité, dans l'histoire, dans notre propre biologie. La possibilité de penser sa propre mort repose sur un malentendu linguistique. A peu près comme la possibilité de se dire « tu » à soi-même. Ou la possibilité de s'appeler soi-même par un nom.

La nuit au fond des pupilles est identique à la nuit qui règne entre les galaxies.

(Carnet déchiré III : 2)

1 - 8, nettoyées, en bon état.

9 - 11, mortes de froid, pas nettoyées.

12 - 14, état passable, reines à la rigueur trop vieilles, cadres à revoir, nouvelles plaques de cire.

15 - 16, vides depuis l'automne 1971. Pas de mesures à prendre.

(Carnet déchiré IV : 1)

Printemps, vent tiède, parfum des lilas. Clapotis des vagues courtes, inquiètes, contre la berge, bancs d'ablettes, petits bâtons jaunis des roseaux séchés.

Un banc d'ablettes absolument immobile, comme un seul corps. Comment chaque ablette peut-elle savoir que les autres aussi restent immobiles ?

Puis une ombre tombe sur elles, l'ombre de quelqu'un qui se penche sur l'eau, et le banc éclate, une explosion de réflexes rapides comme l'éclair, chacune de son côté aussi rapide que les reflets de la lumière au-dessus d'elle.

Plus aucune trace.

Après leur départ, personne ne pourrait penser qu'il y a un instant, elles étaient là.

(Carnet déchiré V : 1)

Ce qui est en train de m'arriver est répugnant, détestable, avilissant ; personne ne me fera accepter ça ou me persuadera que ça puisse, de quelque manière, être bon pour moi.

C'est effroyable d'être livré à une douleur idiote, aveugle, à des vomissements, à une mystérieuse décomposition intérieure aussi idiote, aussi insolente, quelle qu'en soit l'explication.

L'hérésie ordinaire consiste à nier l'existence d'un dieu qui nous aurait créés. Une hérésie autrement plus intéressante consiste à penser qu'il est peut-être un dieu qui nous a créés et à dire ensuite qu'il n'y a pour nous aucune raison d'en être impressionnés. Et encore moins reconnaissants.

S'il y a un dieu, notre mission est de dire non.

S'il y a un dieu, la mission de l'homme est d'être sa négation.

On recommence, on ne se rend pas.

Ma mission pendant les jours, les semaines ou, dans le pire des cas, les mois qui peuvent rester : être un immense et explicite NON.

(Carnet déchiré VI : 1-3)

Moi, moi, moi, moi... quatre répétitions suffisent pour en faire un mot dépourvu de sens.

(Carnet déchiré VI : 4)

Nous voilà déjà dans la deuxième semaine de mai et pourtant aujourd'hui, il neige dans tout le Västmanland. Une ambulance vient me chercher à quatre heures. J'espère que les routes ne seront pas trop glissantes.

On peut toujours espérer qu'il n'y aura pas d'accident. On peut toujours espérer.

(Carnet déchiré VII : 0)

Våster Våla, 1975.

Cet ouvrage a été composé par Facompo
et imprimé par la S.E.P.C. à Saint-Amand-Montrond (Cher)
pour le compte des éditions Presses de la Renaissance
Achevé d'imprimer le 5 janvier 1983

Dépôt légal : janvier 1983.
N° d'Impression : 2053.
Imprimé en France